# CLEF OU EXPLICATION

## DE JACOB BOEHME.

*Ouvrages de Jacob Bœhme, qui se trouvent à la même adresse.*

Quarante Questions sur l'origine, l'essence, l'être, la nature et la propriété de l'Ame ; traduites de l'allemand sur l'édition d'Amsterdam, 1682, par Saint-Martin, 1 vol. in-8 Prix : 5 fr. 50 c.

De la Triple Vie de l'Homme, selon le Mystère des trois principes de la manifestation divine ; traduit de l'allemand en français par le même, 1 vol. in-8. 7 fr. 50 c.

Des Trois Principes de l'Essence divine ou l'éternel *Engendrement* sans origine ; traduits par le même, 2 vol. in-8. 8 f.

---

Le Ministère de l'Homme-Esprit ; par le Philosophe Inconnu (Saint-Martin). 1 vol. in-8, br. 6 fr.

Opuscules théosophiques, auxquels on a joint une Défense des Soirées de Saint-Pétersbourg ; par un Ami de la Sagesse et de la Vérité. 4 fr.

Notice biographique sur M. de Saint-Martin, ou le Philosophe Inconnu. 1 f.

Lettre à un Ami sur la Révolution française ; par Saint-Martin (le Philosophe Inconnu). 2 f.

Des Erreurs et de la Vérité ; par le même. 1 vol. in-8. 5 f.

Imprimerie de MIGNERET, rue du Dragon, n° 20.

# CLEF,

OU

# EXPLICATION

DES

## DIVERS POINTS ET TERMES PRINCIPAUX,

EMPLOYÉS

## PAR JACOB BOEHME,

DANS SES OUVRAGES.

Traduite de l'Allemand sur l'édition de ses Œuvres complètes imprimées en 1715.

A PARIS,

CHEZ MIGNERET, IMPRIMEUR-LIBRAIRE,

RUE DU DRAGON, N° 20, F. S. G.

1826.

# DE LA VIE ET DE LA MORT

DE

# JACOB BOEHME.

1. Pour bien écrire la vie de Jacob Bœhme, de cet homme si profond et si inspiré de Dieu, il faudrait une plume plus exercée et plus éloquente que la mienne : mais aucun de ses compatriotes n'ayant, jusqu'à présent, osé prendre la plume, je vais essayer de le faire, moi son voisin, qui ai été intimément lié avec lui pendant les années 1623 et 1624; je dirai tout ce que je sais de lui, brièvement et dans la plus grande simplicité, mais je serai fidèle à la vérité la plus pure.

2. Jacob Bœhme naquit, l'an de Jesus-Christ 1575, dans une petite ville de la Haute Lusace, nommée *le vieux Seidenburg*, éloignée d'une lieue et demie de *Gœrlitz*. Ses parens étaient de la dernière classe du peuple, pauvres, mais honnêtes.

3. Ils l'occupèrent, quand il fut un peu avancé en âge, *à garder les bestiaux*, comme les autres enfans de l'endroit.

4. S'étant un jour éloigné, à l'heure de midi, de ses camarades, et ayant grimpé seul sur une

montagne escarpée et assez éloignée, nommée la *Couronne du pays*, il trouva sur le sommet une espèce de caverne ouverte, mais embarrassée et pour ainsi dire fermée par un tas de pierres rouges : il y entra dans sa simplicité, et aperçut un grand tas d'argent, ce qui lui causa une si grande frayeur qu'il en sortit sans rien toucher (Il m'avait montré cet endroit, en nous promenant un jour ensemble). Quoiqu'il fût monté sur cette montagne plusieurs fois dans la suite, avec ses camarades, il n'avait jamais trouvé cette caverne ouverte, ce qui pouvait fort bien avoir été une bonne augure de son entrée spirituelle dans le trésor caché de la science et des mystères divins et naturels. Le trésor avait été enlevé au bout de quelques années, à ce qu'il disait lui-même, par un artiste étranger. Cette trouvaille, probablement frappée de malédiction, causa une mort funeste à son possesseur.

5. Il ne faut pas être surpris de cette entrée de Jacob Bœhme dans la montagne creuse, attendu que beaucoup d'auteurs font mention de pareilles montagnes merveilleuses ; les plus connus sont *Léonard Thurnheisser*, *Stammelman* dans sa chronique du Holstein, *Théophraste Paracelse*, *Agricola*, *Mathésius*, *Aldrovandus*, *Théobalde*, *Kircher*, *Zeiller* et autres. Il y a des montagnes semblables dans la Silésie, principalement sur l'Aventrot, sous la pierre à sept angles, et en beaucoup d'autres endroits. Le pieux et savant *Jean Beer*, de Schweidnitz, a, par une faveur particulière de Dieu, pénétré dans le Zottenberg,

il y a vu les grandes merveilles et les trésors renfermés dans la terre, et il s'est entretenu avec les trois esprits bannis dans cette montagne, comme on peut s'en convaincre par le petit livre imprimé à Amsterdam, sous le titre : *Du profit et de la perte des biens spirituels et temporels, par Jean Beer.*

6. Revenons à notre auteur : ses parens, découvrant en lui des dispositions particulières, l'envoyèrent à l'école, où il apprit à lire et à écrire : ensuite ils lui firent apprendre le métier de cordonnier. Son apprentissage fini, il voyagea, *se maria à Gœrlitz*, et eut de ce mariage *quatre garçons*, à l'un desquels il enseigna son métier de cordonnier.

7. Jacob Bœhme ayant donc été, dès sa jeunesse, adonné à la crainte de Dieu, dans toute l'humilité et dans toute la simplicité du cœur, et ayant particulièrement aimé à assister aux sermons, se réveilla enfin en lui-même, par la promesse consolatrice de notre Sauveur : *Combien plus votre père céleste donnera-t-il le Saint Esprit à ceux qui le lui demandent.* ( St.-Luc, chapitre XI, v. 13.) Il y fut porté en même temps par les combats et par les disputes d'école, auxquels il ne pouvait jamais se conformer que pour reconnaître la vérité. Il avait, dans toute la simplicité de son cœur, ardemment et constamment demandé, cherché et frappé, jusqu'à ce qu'enfin ( dans son voyage ) il fut, par le passage du Père dans le Fils, mis, selon l'esprit, dans le Sabbath saint et dans le repos glorieux de l'âme, et que

sa prière fut ainsi exaucée ; alors ( selon son propre aveu ) il fut entouré d'une lumière divine, et resta pendant *sept jours* dans la dernière contemplation divine et dans le royaume d'alégresse.

8. Dans cette école vraiment apocalyptique de l'esprit de Dieu, mais à présent rejetée par le grand aveuglement et la méchanceté des hommes, les saints patriarches, les rois, les prophètes, les apôtres et les hommes de Dieu ont toujours fait leurs études, et ils y ont découvert le mystère du royaume et du jugement de Dieu et de Christ ( et que Christ est la sagesse éternelle du Père lui-même ), ils l'ont ensuite expliqué par diverses paraboles et par des figures, par des sentences et par des discours profonds et sublimes, ainsi que par des témoignages et des prodiges, et ils l'ont toujours publié sérieusement en offrant et sacrifiant leur propre corps et leur vie.

9. Il se pourrait aussi, que du dehors et par une inqualification magique astrale des esprits étoilés, il eût été communiqué et infusé, pour ce feu saint de l'amour, comme une étincelle cachée ou une matière inflammable : car il me raconta lui-même, que pendant qu'il était en apprentissage, son maître et sa maîtresse étant absens pour le moment, un étranger vêtu très-simplement, mais ayant une belle figure et un aspect vénérable, entra dans la boutique, et prenant une paire de souliers, demanda à l'acheter. Mais il n'osa pas les vendre ; l'étranger insistant, il les lui fit un prix excessif, espérant par là se mettre à l'abri de tout reproche de la part de son maître,

ou dégoûter l'acheteur. Celui-ci donna le prix demandé, prit les souliers, et sortit. Il s'arrêta à quelques pas de la maison, et là d'une voix haute et ferme, il dit : *Jacob, Jacob, viens ici.* Le jeune homme fut d'abord surpris et effrayé d'entendre cet étranger qui lui était tout-à-fait inconnu, l'appeler ainsi par son nom de baptême; mais s'étant remis, il alla à lui. L'étranger, d'un air sérieux mais amical, porta les yeux sur les siens, les fixa avec un regard étincelant de feu, le prit par la main droite, et lui dit : *Jacob, tu es peu de chose, mais tu seras grand, et tu deviendras un autre homme, tellement que tu seras pour le monde un objet d'étonnement. C'est pourquoi sois pieux, crains Dieu, et révère sa parole; sur-tout lis soigneusement les Ecritures saintes, dans lesquelles tu trouveras des consolations et des instructions, car tu auras beaucoup à souffrir; tu auras à supporter la pauvreté, la misère et des persécutions; mais sois courageux et persévérant, car Dieu t'aime et t'est propice.* Sur cela l'étranger lui serra la main, le fixa encore avec des yeux perçans, et s'en alla, sans qu'il y ait d'indices qu'ils se soient jamais revus. Jacob Bœhme ne fut pas peu étonné et de cette prédiction et de cette exhortation. La physionomie de cet inconnu lui planait toujours devant les yeux. Depuis ce temps-là Jacob Bœhme devint plus austère et plus attentif dans toutes ses actions, ensorte que cette exclamation spirituelle ci-dessus mentionnée et le jour de Sabbath s'en suivirent bientôt.

10. Etant revenu à lui, il avait de plus en plus

renoncé aux plaisirs de la jeunesse folâtre, quoiqu'il n'eût jamais négligé d'aller à l'église, qu'outre la lecture de l'écriture sainte, il avait toujours assisté aux sermons, qu'il s'était souvent approché des sacremens saints, et que, poussé par un zèle divin, il n'avait jamais pu ni entendre ni souffrir qu'on proférât des mots et des plaisanteries équivoques, et particulièrement des discours et des juremens blasphématoires; qu'il avait même été obligé de reprendre sévèrement le maître chez lequel il travaillait. En conséquence il s'était appliqué par amour pour la vraie piété et pour la vertu, à mener une vie retirée et honnête, et à se priver de tout plaisir et de toute société; ce qui étant absolument contraire aux usages du monde, lui avait attiré beaucoup d'ennemis, et le força à quitter son maître, qui, disait-il, ne voulait plus souffrir un prophète pareil chez lui.

11. Après avoir gagné sa vie à la sueur de son front, comme un ouvrier laborieux doit le faire, il fut de nouveau saisi, au commencement du 16.e siècle, c'est-à-dire en 1600, à l'âge de 25 ans, de la lumière divine, avec son esprit astral animique, par l'aspect subit d'un vase d'étain (c'est-à-dire de l'*état agréable jovial*) dans le fond le plus profond, ou dans le centre de la nature secrète. Voulant bannir, dans le doute où il était, cette idée de son cœur, il passa le pont de Gœrlitz, qui était près de sa maison, pour se dissiper dans les champs couverts de verdure, et néanmoins il ressentit de plus en plus l'aspect qui venait de

se présenter à lui, en sorte que par le moyen des empreintes ou figures naturelles, des ligamens et des couleurs, il avait pu, pour ainsi dire, pénétrer dans le cœur et dans la nature la plus secrète de toutes les créatures. Son livre intitulé : *De l'empreinte des choses ( de signatura rerum )* explique et développe clairement cette impression produite en lui. Il en fut comblé de joie, se tut, loua Dieu, se livra aux devoirs de père de famille, à l'éducation de ses enfans, et vécut avec tout le monde en paix et en amitié; il ne parla jamais à personne ni de la lumière qu'il avait reçue, ni de sa connaissance profonde de Dieu et de la nature.

12. Mais il est, au bout de dix ans, appelé une troisième fois, selon la volonté et le conseil secret de Dieu; il est inspiré de l'Esprit saint, doué et fortifié par une lumière nouvelle et par un don nouveau. Pour ne point oublier une si grande grâce qu'il venait d'obtenir, et pour ne point désobéir à un maître si saint et si consolateur, il se mit à composer en 1612, n'étant pas riche et n'ayant d'autre livre que la Bible ( cependant uniquement pour lui-même ).

13. Son premier livre, intitulé : l'*Aurore naissante* (appelé ensuite par le docteur Balthasar Walter, *Aurora* ; ) quoiqu'il ne l'eût confié à personne, excepté à un gentilhomme bien connu, qui l'avait vu chez l'auteur par hasard, et qui demandait avec beaucoup d'instances à le parcourir, ne devait jamais voir le jour, et encore moins être imprimé. Mais ce gentilhomme

désirant posséder ce trésor caché, partagea cet ouvrage en plusieurs feuilles, se mit à le copier avec quelques-uns de ses amis jour et nuit : de cette manière, le bruit s'en répandit dans le public, et parvint jusqu'aux oreilles du premier pasteur de Gœrlitz, appelé *Grégoire Richter*, qui, sans l'avoir vu ni examiné, le condamna du haut de la chaire, comme c'est l'usage ordinaire des écoles; et oubliant la charité chrétienne, il calomnia et injuria l'auteur, au point, que le magistrat de Gœrlitz fût obligé de le faire comparaître devant lui, de lui faire apporter le manuscrit autographe, de lui intimer de ne plus rien écrire, et de lui dire de se renfermer dans le proverbe : *Sutor ne ultrà crepidam.* Jacob Bœhme se soumit à cet ordre avec la plus grande résignation. Le manuscrit original de cet ouvrage resta déposé aux archives de l'hôtel-de-ville pendant vingt-sept ans; le 26 novembre 1641, il fut remis à M. Georges Pflüger, maréchal de la cour de Dresde, protecteur de notre auteur; et des mains de M. Pflüger il passa dans celles de M. A.-W. de Beyerland, négociant à Amsterdam.

14. D'où nous voyons, comment le prince des tenèbres, comme ennemi juré de la vraie lumière divine, s'oppose, par le secret de la méchanceté qui se manifeste de plus en plus, dans ses membres et dans ses instrumens, à tout ce qui s'appelle Dieu, ou ce qui provient de Dieu, comment il s'oppose à Christ et s'élève contre Christ, le Verbe essentiel vivifiant, qu'il s'oppose à Dieu son Seigneur, méchamment et aveuglément, et qu'il n'a

de repos que quand il fait tomber l'innocent. Mais il faut qu'il souffre pour cela la colère éternelle dans les flammes infernales; qu'il soit privé d'éternité en éternité, de la lumière bienheureuse, et de la face de Dieu. Malheur à lui! malheur à ses enfans infernaux! malheur aux langues de vipère et calomniatrices et irréconciliables! malheur aux cœurs de tigre!

16. L'homme saint et patient a donc, par soumission à ses supérieurs, observé un sabbath parfait pendant sept ans, sans mettre la plume à la main. Mais ayant été fortifié et réveillé par une quatrième impulsion de son fonds intérieur, et ayant été excité par des gens craignant Dieu et versés dans les sciences naturelles, à ne pas cacher la lumière sous le boisseau, mais à la répandre de plus en plus, il se décida à reprendre la plume et à faire les ouvrages suivans.

L'an 1619. N° 2. *Des Trois Principes*, avec un appendice de la triple vie de l'homme.

L'an 1620. 3. De la Triple Vie de l'Homme.

4. Réponse aux Quarante Questions de l'Ame.

5. De l'Incarnation du Christ, de sa passion, de sa mort et de sa résurrection; et de l'arbre de la foi.

6. Des six Points.

7. Du Mystère céleste et terrestre.

8. Des derniers Temps.

1621. 9. De l'Empreinte des choses. *De signatura rerum.*

10. Des quatre Complexions.

11. Apologie de Balthasar Tilken.

12. Réflexions sur les bottes d'Isaïe.

1622. 13. De la vraie Repentance.

14. De la vraie Résignation.

15. De la Régénération.

16. De la Pénitence.

1623. 17. De la Providence et du choix de la grâce.

81. *Le Grand mystère*, sur la Genèse.

19. Une table de principes.

20. De la Vie sursensuelle (surcéleste).

21. De la Contemplation divine.

22. Des deux Testamens de Christ.

23. Entretien d'une âme éclairée et non éclairée.

24. Apologie contre Grégoire Richter.

25. De 177 Questions théosophiques.

26. Extrait du Grand Mystère.

27. Petit livre de Prières.

28. Table de la manifestation divine des trois mondes, faisant partie de la 47.[e] épitre.

29. De l'erreur d'Ezéchiel Meth.

30. Du dernier Jugement. -

31. Des lettres adressées à différentes personnes.

17. N'oublions pas de remarquer, que le fameux voyageur Balthasar Walter, docteur en médecine et en chimie, natif de Grand-Glogau en Silésie, ayant demeuré chez Jacob Bœhme pendant trois mois, et ayant joui de son intimité, fit grand cas des Quarante Questions; lesquelles furent traduites en latin par *Jean-Ange Werdenhagen*, jurisconsulte et conseiller privé du

prince de Lünebourg, imprimées à Amsterdam en 1632, sous le titre de *Psychologia vera*, in 8°, et dediées à dix ministres d'État fameux; enfin elles furent enfin traduites en allemand et imprimées à Amsterdam in-12, l'an 1650.

18. Notre susdit Docteur Balth. Walter, (qui est mort à Paris, qui y a fait connaître et répandre chez des gens de qualité les ouvrages de notre Théosophe) a souvent et à plusieurs fois soutenu, que dans ses longs et pénibles voyages, et particulièrement lorsqu'il avait passé six ans chez les Arabes, chez les Syriens et chez les Egyptiens, pour y apprendre la vraie sagesse cachée (qu'on appelle ordinairement la *Magie*, la *Cabale*, la *Chimie*, ou dans le vrai sens la Théosophie); qu'il avait bien trouvé quelques fragmens de cette science çà et là, mais nulle part aussi profonde, aussi sublime et aussi pure que chez cet homme simple, chez cette pierre angulaire rejettée, (et non pas, sans doute, sans un grand déplaisir et sans un grand scandale) des savans dialecticiens et des docteurs métaphysiciens de l'Eglise. C'est ce qui avait engagé notre susdit docteur Walter à lui donner le nom de *Théosophe allemand*, tant pour le distinguer de ceux des autres nations, que pour mieux faire ressortir ses éminentes qualités chez ses compatriotes, attendu qu'il avait toujours été très-austère dans toute sa conduite, qu'il avait toujours mené une vie très-chrétienne, humble et résignée.

19. Car la seule lumière artificielle et naturelle, sans la lumière sainte céleste de la grâce,

est toujours plus externe, acerbe, partiale et littérale, qu'interne, douce, bienveillante, catholique et évangélique : il faut, par conséquent, distinguer, justement et mûrement, les dons de l'esprit, selon la différence de son fonds originel et de son origine première, ainsi que selon ses fruits et selon ses rejetons, et rendre et laisser à chacun le sien (selon qu'il est un membre du corps, ou un vase et instrument de la maison), et non pas faire comme Babel (qui n'a pour tout qu'un seul poids et une seule mesure), c'est-à-dire, de faire passer pour hérétique et condamner celui qui n'est pas tout de suite d'accord, comme notre *Théosophe teutonique* l'a suffisamment prouvé et expliqué dans ses ouvrages.

20. Il faut particulièrement remarquer, que notre auteur n'a point puisé en lui-même les expressions latines ni les termes techniques (particulièrement ceux de ses derniers ouvrages) ; il ne les a pas non plus appris dans les livres des autres ; il les a retenus par l'entretien verbal et par ses correspondances familières avec des savans, principalement avec des médecins, des chimistes et des philosophes. Il me témoigna souvent des regrets bien vifs, de n'avoir pas pu apprendre, au moins la langue latine (chose dont se plaignit aussi l'Empereur Maximilien I), et d'autant plus que lui (Bœhme) ne trouvait pas, dans sa langue maternelle, assez de mots convenables pour exprimer la foule de choses merveilleuses qui planaient devant ses yeux ; il fallait donc qu'il s'aidât de la langue de la nature ; qu'il apprît des autres

à rendre ses pensées intelligibles. C'est pourquoi il se plut tant au mot grec *idea*, que je lui fournis, et qui lui semblait être, selon son dire, une vierge belle et pure du ciel, et une déesse spirituelle, corporelle, exaltée.

21. Il faut encore lui rendre cette justice que quoiqu'il écrivît très-lentement, et cependant lisiblement, il n'aimait pas corriger ou rayer un mot : mais tel que l'esprit de Dieu le lui avait inspiré, tel il le mettait par écrit, net et sans le corriger. Que de savans ont été privés de cet avantage! Tant il importe au vrai docteur et à celui qui dicte, c'est-à-dire à l'esprit et à la consolation de la sagesse et de la vérité divines, mais dont nos grands esprits actuels ne veulent que peu, ou rien du tout, comprendre, croire ou savoir; c'est pourquoi ils restent aussi à juste titre privés de la connaissance vraiment profonde, de la sagesse secrète et de la vérité cachée.

22. Il est encore important de savoir, et il me l'a raconté lui-même, qu'il s'était présenté un jour à sa porte un étranger d'une taille courte, d'une figure distinguée et d'un air spirituel ; après l'avoir salué très-poliment, il lui dit avoir appris que lui (Jacob Bœhme) était doué d'un esprit particulier, qu'on ne trouvait pas ordinairement, et que comme chacun devait partager avec son prochain le bien qu'il avait reçu, il venait le prier de lui donner cet esprit particulier, ou de le lui vendre, (comme fit Simon le magicien). Là-dessus Jacob Bœhme l'avait remercié de son offre réciproque, en lui protestant qu'il se

croyait tout-à-fait indigne de tels dons et de tels arts, qu'il ne possédait aucunement ce que l'étranger s'imaginait trouver en lui; que tout son savoir consistait à vivre et à marcher tout bonnement dans la foi et dans la confiance commune en Dieu, à être charitable envers son prochain; et que du reste, il ne savait ni ne croyait rien d'un esprit particulier ou familier. Mais que, si lui (l'étranger) tenait tant à avoir un esprit, il n'avait qu'à faire comme lui (J. B.) c'est-à-dire à faire une pénitence sérieuse, et qu'en priant ardemment Dieu le Père, qui est au ciel, de lui accorder l'Esprit saint de la grâce, il l'obtiendrait pour se conduire en toute vérité. Mais cet homme ne voulant pas s'en contenter, et le pressant encore par une conjuration magique fausse, pour lui arracher de force le prétendu esprit familier, Jacob Bœhme irrité dans l'esprit, saisit fortement la main de l'étranger, en le regardant fixement, étant dans l'intention de lui souhaiter la malédiction dans son âme perverse. Alors l'étranger trembla de frayeur, lui en demanda pardon, ce qui attendrit Jacob Bœhme, ensorte qu'il exhorta l'importun à renoncer sérieusement à cette simonie et à cette diablerie, et qu'ensuite il le congédia.

23. Nous ne devons pas passer sous silence sa grande douceur, sa patience et son humilité, ainsi que le don pénétrant de scruter l'esprit de l'homme, et de découvrir les replis de son cœur; nous allons le prouver par l'histoire qui suit: Jacob Bœhme se trouva un jour chez un certain

gentilhomme avec M. David de Schweidnitz et d'autres personnes. Lorsque ledit M. de Schweidnitz fut sur le point de partir, il pria le gentilhomme de lui envoyer cet homme extraordinaire, à sa terre de Seifersdorf, ce qu'il fit. Mais un médecin, qui en voulait beaucoup à notre auteur, corrompit le guide en lui donnant une pièce d'argent, pour jetter Jacob Bœhme dans une grande marre d'eau; ce dont le guide s'acquitta fidèlement. Car étant obligé de passer près de cette marre d'eau, il y jetta notre homme qui, non seulement s'y était grandement sali, mais ayant donné de la tête contre une pierre, il s'était aussi fortement blessé. Le conducteur voyant couler le sang, en eut peur, se mit à pleurer, et courut au château pour rapporter ce qui s'était passé. M. de Schweidnitz l'ayant appris, envoya chercher et conduire Jacob Bœhme dans un endroit écarté du château, où il le fit panser et changer d'habits. Cela fait, et arrivé dans le salon, il présenta la main à tout le monde; et les enfans du maître du château étant rangés là en ordre, et s'étant approché d'une des filles, il dit en lui présentant la main : *voilà la personne la plus pieuse de toute la société;* il posa ensuite la main sur sa tête, et lui donna une bénédiction particulière. Le père de la demoiselle avoua lui-même, que c'était le plus sage de ses enfans. M. de Schweidnitz ayant justement ce jour là chez lui son beau-frère, avec sa femme et ses enfans, qui, ennemi juré de Jacob Bœhme, le railla beaucoup en le nommant prophète, et lui demanda en conséquence de lui prédire quelque chose. Notre auteur s'en excusa beaucoup, disant qu'il n'était pas prophète, qu'il était un homme simple, qu'il ne s'était jamais mêlé de dire la bonne aventure, et le pria très-instamment de vouloir bien lui épargner cette épithète. Mais le gentilhomme ayant continué de le tourmenter et d'insister fortement à ce qu'il lui prédît quelque chose; et son beau-frère l'ayant beaucoup engagé et prié de laisser tranquille cet homme, mais inutilement, Jacob Bœhme, outré de cette conduite, et ne pouvant pas avoir de repos, dit enfin au gentilhomme : Puisque vous voulez absolument que je vous dise quelque chose, je serai forcé de vous dire ce que vous n'aimerez pas à entendre. Le gentilhomme lui répondit en pâlissant, qu'il n'avait qu'à dire ce qu'il savait. Là dessus, Jacob Bœhme se mit à raconter la vie impie et scandaleuse que le gentilhomme avait menée jusqu'à présent, tout ce qui lui était arrivé, et ce qui lui arriverait dans la suite, s'il ne changeait pas de conduite, attendu que sa fin était bien proche. Le gentilhomme en eut honte, et entra en une si grande colère qu'il voulait se jeter sur notre auteur pour le battre ; M. de Schweidnitz l'en empêcha, et envoya Jacob Bœhme passer la nuit chez le curé de l'endroit, et le fit conduire le lendemain à Gœrlitz. Alors le gentilhomme honteux et confus, la rage et la colère dans le cœur, et ne voulant pas rester plus long-temps, se mit à cheval et partit pour se rendre chez lui. Chemin faisant il tomba de cheval, se cassa le cou, et fut trouvé mort le lendemain sur la grande route.

24. Le cachet ordinaire de Jacob Bœhme fut une main sortant du Ciel, et tenant une branche de trois lys fleuris, c'est-à-dire le ravissement magique (G. B. D. O. *Virga)* la verge fleurie d'Aaron. Le royaume des lys dans le paradis de Dieu, qui se manifestera dans les derniers temps, où la fin sera ramenée dans son commencement, et que le cercle sera fermé. La colombe de Noé avec la branche d'olivier de la paix, après le déluge spirituel. La branche d'or d'Énée, la branche des pommes d'or du jardin des Hespérides d'Hercule, après avoir vaincu le dragon, en témoignage de la victoire et du sceau obtenu dans ce combat singulier de l'âme, en cueillant cette noble branche dont la philosophie occulte parle beaucoup par sa Couronne de perles, et notre auteur dans son livre de la *Pénitence* ou *Chemin pour aller à Christ*, ainsi que dans ses autres ouvrages, mais mystérieusement; et qui est connue de ceux qui ont obtenu cette couronne et cette bénédiction dans la lutte spirituelle, ou de Jacob.

25. Sa devise ou son inscription ordinaire, particulièrement dans ses lettres, fut : *notre salut dans la vie de Jésus-Christ en nous*, pour marquer la réunion sublime de l'homme avec Dieu, par la foi dans l'amour de Jésus-Christ, où est la noblesse véritable originelle et la consolation suprême des âmes fidèles, selon le degré le plus parfait, avec une allégresse inexprimable et une paix éternelle.

26. Il écrivait ordinairement dans les album de ses amis : *à qui le temps est comme l'éternité*, *et*

*l'éternité comme le temps, est exempt de toute contestation.*

27. Sa taille extérieure fut caduque et petite; il avait l'air ordinaire, le front bas, les tempes élevées, le nez un peu aquilin, les yeux gris tirant sur le bleu de ciel brillant, une barbe courte et mince, une voix dure et cependant agréable; il fut retenu de caractère, modeste dans ses paroles, humble dans sa conduite, patient dans ses souffrances, et d'un cœur tendre. Et l'on pourra juger de tout son caractère et de son esprit doué des dons du Ciel, par ses Œuvres posthumes.

28. *Sa mort* bien heureuse étant décrite autre part dans tous ses détails, nous n'allons parler ici que de ce qui nous a paru le plus remarquable,

29. Jacob Bœhme ayant passé, en 1624, quelques semaines chez nous en Silésie, outre différens discours sur la connaissance sublime de Dieu et de son fils, particulièrement sur la lumière de la nature secrète et manifeste, il redigeait en même temps les trois tables de la manifestation divine (pour M. Jean Sigismond de Schweinich et *pour moi Abraham de Frankenberg); attaqué* d'une fièvre chaude, il devint enflé à force de boire de l'eau, en sorte qu'on fut obligé par son ordre exprès de le faire transporter chez lui à Gœrlitz, étant dangereusement malade. Après avoir fait une profession de foi évangélique et avoir usé du gage de la grâce, *il est mort le dimanche* 7-15 *novembre.* Ayant fait appeler et demandé à son fils aîné: s'il entendait aussi la belle

musique ? Sur sa réponse négative, le moribond ordonna d'ouvrir la chambre, afin qu'on entendît mieux le chant mélodieux. Ensuite il demanda quelle heure il était, et lorsqu'on lui répondit, qu'il allait sonner trois heures, il dit : Mon heure n'est pas encore arrivée, mais mon temps sera dans trois heures; dans cet intervalle il prononça une seule fois les paroles suivantes : Dieu fort : Dieu Zabaoth, sauve-moi selon ta volonté ! Seigneur Jésus-Christ crucifié, aie pitié de moi, et reçois-moi dans ton royaume. Mais à peine il avait sonné six heures, qu'il dit adieu à sa femme et à son fils, les bénit, et dit : maintenant je pars pour le Paradis. Il ordonna ensuite à son fils de se tourner, poussa un profond soupir et s'endormit dans le Seigneur.

30. Il serait peut être à propos de faire mention ici de ce que Jean Qud. Camérarius, Méd. Doc. (*Centia* 2. *Mémorabil. Médicinal. art.* 94, *page* 134), dit sur la mort de Janus *Dousa*, Seigneur de Nordwyck et de Kattendyck, savoir : que lorsque lédit seigneur Janus *Dousa* fut sur le point de mourir, il avait comme en extase, avec un corps encore sain, été admis à l'entrée secrète des âmes, où il avait goûté les vertus de l'autre monde, c'est-à-dire les délices de l'immortalité, qu'il avait vu et ressenti d'avance, ce que n'obtiennent que les trépassés, par une préparation pieuse à l'heure de sa mort; car lorsque cette âme bienheureuse, sans aucune souffrance, vit approcher sa dernière heure, voilà que ce saint homme s'écria inopinément en présence de tous les assis-

tans : Qu'entends-je? ou est-ce que je l'entends moi seul? Quelle voix? quel chant ravissant? Tout le monde en étant fort étonné, et n'entendant rien, ils s'aperçoivent que cet homme aimé de Dieu, et admis aux merveilles et mystères divins, ne vivait plus à la manière humaine ou terrestre, mais à la manière céleste, et qu'il allait occuper sa demeure et son lieu de repos éternel, qu'il avait jadis perdu en Adam.

31. De tels aspects et avant-goûts (*Euthanasia cum Athanasia*) ont été beaucoup plus communs et plus connus chez les anciens Chrétiens pieux et simples, que chez les Chrétiens d'aujourd'hui, qui ne sont portés qu'aux frivolités et aux sciences vaines de ce monde; les histoires des Saints et des autres hommes morts dans le Seigneur dans le sabbath saint et en Zébaoth nous fournissent des exemples abondans de ces sortes d'extases.

32. Ensuite on a duement enseveli et enterré notre auteur, et cela non pas sans une grande répugnance et une forte opposition de notre premier ministre ou grand prêtre. On fit ensuite un monument ou une épitaphe honorable sur le tombeau de J. B., laquelle épitaphe avait été envoyée de la Silésie, et qui peu après fut détruite et brisée par l'instigation du démon.

33. Ce monument était une croix de bois noir avec le nom hébraïque de Jhésuh et douze rayons de soleil en or; au-dessous de la croix est un petit enfant appuyant son bras et sa tête sur une tête de mort avec ces lettres V. H. I. L. C. I. U. qui signifient : *notre salut dans la vie de Jésus-Christ en nous.*

34. Dans un grand oval ou champ il y avait les paroles suivantes : *né de Dieu, mort en Jhésuli, scellé du sceau du Saint-Esprit, repose ici Jacob Bœhme, né à Vieux Seidenbourg, mort l'an 1624, le 17 novembre à 6 heures du matin, dans la cinquantième année de son âge.*

35. A la droite, du côté du midi, était peinte sur la croix une aigle noire sur une montagne, écrasant de sa serre gauche la tête d'un grand serpent tortillé, et de la droite il tenait une branche de palmier, et dans son bec il recevait, du soleil, une branche de lys, avec la devise *vidi.*

36. A la gauche de la croix, du côté du septentrion, il y avait un lion avec une couronne d'or surmontée d'une croix; sa patte droite de derrière était appuyée sur un cube, et sa gauche antérieure sur une *pomme globe impérial d'empire* renversée, ou sur un globe; de sa patte droite de devant il tenait une épée flamboyante, et de sa gauche un cœur enflammé, avec la devise *vici.*

37. Mais au milieu de la croix et au-dessous de l'oval, l'inscription de l'épitaphe en vers; à la tige de la croix il y avait un agneau avec une mître sur la tête, (comme on en trouve de pareils emblêmes dans la 29.^e des 33 figures magiques de Paracelse, sous un palmier auprès d'une fontaine jaillissante, paissant dans un champ vert au milieu des fleurs, avec la devise *veni*; lesquelles trois devises il faut entendre du verbe unique de Christ de la manière suivante :

*In mundum* VENI ! *Sathanam descendere* VIDI ! *infernum* VICI ! VIVITE *magnanimi.*

38. Enfin il y avait au bas de la croix et montant vers le haut, ses dernières paroles : *maintenant je pars pour le Paradis;* là il chante les louanges de Dieu ; nous regardons après lui et nous attendons aussi la fin de la carrière de nos jours, jusqu'à ce que Jésus-Christ veuille bien nous appeler à lui.

39. Voilà tout ce que nous croyons digne d'être remarqué de la vie simple de notre pieux Théosophe allemand, par son propre récit et par les rapports fidèles de ses amis intimes.

40. S'il se trouvait cependant des personnes qui voulussent se scandaliser de la simplicité de l'auteur, ou douter de l'identité de la personne, c'est-à-dire qu'un autre se fût caché sous son nom, pour présenter au monde des principes nouveaux et inconnus : ou pour rétablir une ancienne hérésie condamnée, ou pour répandre dans le public une diablerie inventée ou déterrée du fond des enfers : ( dont il y a aujourd'hui une grande abondance parmi les querelleurs de l'école d'Aristote, et parmi nos grands prêtres à la mode ).

41. Que celui dont nous venons de parler se tienne pour averti de la part de Dieu et de la part de sa vérité qui durera éternellement : qu'il ne se laisse pas capter par des pensées absurdes ou par des calomnies : attendu qu'il a plu à Dieu selon ses sages conseils et selon sa volonté bienveillante, de choisir non pas quelqu'un qui soit ou élevé, ou puissant, ou noble, ou sage, ou riche, ou un autre personnage; mais quelqu'un qui soit humble, faible, pauvre, fou et qui ne soit

rien aux yeux du monde ; afin de confondre ce qui est élevé et puissant. Car Dieu confond les orgueilleux, et il renverse les puissans de leurs trônes : mais il élève les pauvres de la poussière, et il accorde aux humbles toutes les grâces : le mystère du Seigneur est dans les mains de ceux qui le craignent, et il leur fait connaître son alliance.

42. L'histoire nous fournit assez d'exemples de dons célestes, qu'il a plu au Seigneur de répandre sur les hommes ; Dieu ne fait acception de personne, quelles que soient sa nation, sa race, sa langue et son état ; n'importe, quiconque le craint et fait bien, lui est agréable : ainsi il lui est facile de faire d'un berger, comme Amos, un prophète, ou comme de David, un Roi : de faire d'un publicain, comme Mathéus, un évangéliste, ou d'un idiot ignorant ou pécheur, un apôtre, tels que furent *Pierre* et *André*, *Jacob* et *Jean*, ou d'un persécuteur et d'un artisan, un vase d'élection, comme d'un Saül un Paul : il en pouvait faire autant d'un cordonnier pauvre et méprisé, comme il avait suscité sous le règne de Julien l'apostat un thaumaturge (qui était obligé de transporter, par ses prières, une montagne dans la mer) ou comme il avait fait paraître, il y a quelques années, à Wittmund dans la Frise orientale, un homme très-versé dans les Écritures Saintes (dont parle Jean Ang. Werdenhagen dans sa *Psychologia*, page 365) ; ou enfin Dieu ne peut-il pas faire de rien quelque chose, et même tout ce qui lui plaît.

43. Ou le Tout puissant ne peut-il pas disposer-

de ce qui lui appartient, selon son bon plaisir? Pharisiens orgueilleux, grands prêtres envieux et docteurs de la loi présomptueux, n'êtes vous pas fachés de ce que notre Seigneur, notre père, notre Dieu plein de miséricorde est si bon envers ses enfans? Allez mordre vous-mêmes votre langue de rage et de colère, et grincez les dents; arrachez et dévorez vous-mêmes votre cœur jaloux et impie, prouvez par là que le vieux serpent et l'enfer vindicatif vous ont engendré : et que toutes vos ruses et tout votre art proviennent des enfers, et nullement de Dieu en Christ, ni de l'Esprit Saint, ni du Verbe de la grâce et de la vérité.

44. Et ne serait-il pas nécessaire de nos jours, dans un temps où le christianisme est bouleversé et détruit, que Dieu parlât une fois, par une autre bouche, à ces peuples séduits et à leurs conducteurs aveugles? Toute chair ayant corrompu sa voie devant le Seigneur, et particulièrement le méchant dans sa dévotion appelée spirituelle et chrétienne, mais reconnue charnelle et anti-chrétienne, qui couvre tous ses vices par un dehors brillant, et qui sous ce brillant dehors porte encore dans son cœur la soif du sang et le glaive de la vengeance infernale.

45. Je ne veux pas m'étendre davantage là-dessus, car la publicité générale et la triste expérience des cœurs aimant vraiment Dieu, font foi combien il y a de témoignages et d'exemples incontestables; que celui qui a une oreille pour entendre ou des yeux pour voir, voie et écoute, ce que le Verbe et la lumière de la vérité dit et montre dans

ses témoins appelés et élus à cela : il trouvera que le ciel et la terre font la guerre à l'espèce humaine actuelle, et qu'il se prépare un autre temps et un autre engendrement, qui se manifestera à tout l'univers comme un éclair de l'orient à l'occident, en moins de rien, et qui amènera le septième jour férié ou igné et le jour du dernier jugement ou sabbath, que les Saints prophètes, les apôtres et d'autres hommes éclairés de Dieu ont toujours vu dans l'esprit, et l'ont annoncé dès le commencement au dernier monde. C'est pourquoi bien heureux sera le serviteur qui veillera quand le maître arrivera.

46. Enfin que personne ne se heurte contre cette pierre angulaire de la simplicité, afin qu'il ne se brise pas, mais qu'il relève plutôt son courage, et qu'il pense que le ciel est le plus haut là où la terre est la plus basse, et que selon le Verbe du Seigneur toutes les collines et toutes les hautes montagnes seront abaissées, et les vallées élevées, afin que tout soit applani, et qu'on puisse marcher sans se heurter dans le pays du vivant.

47. Que le Seigneur, le Très-Haut soit loué, qui abaisse l'un et élève l'autre, et qui donne son esprit quand et à qui il veut, afin qu'aucune chair ne se vante devant lui.

48. Mais quant au talent particulier, c'est-à-dire au don de la grâce, que Dieu le dispensateur suprême et unique de tout bien a versé du haut du ciel dans ce vase de terre et méprisé du monde prudent et orgueilleux, comme un grand trésor et une perle précieuse : il est d'une telle dignité

et d'une telle bonté, qu'à mon avis (si toutefois on a des fenêtres ouvertes vers Jérusalem) depuis les temps des apôtres, on n'a pas manifesté et annoncé aux habitans de la terre une base aussi sublime et aussi profonde de la connaissance essentielle de la très-sainte triple unité de Dieu, et de la lumière de la nature secrète et manifeste, de la sainteté et de la grâce.

49. Où il faut principalement considérer, pourquoi Dieu a particulièrement favorisé par un don si sublime, notre nation bouleversée et dévastée tant spirituellement que corporellement; et encore par une personne si faible et si peu considérée, et dans des temps aussi embrouillés, où tout est comme enseveli dans la mort, dans un profond sommeil, dans la fange, dans le tourment des soucis temporels de la volupté et de la bonne chère, ensorte qu'on néglige les grâces éternelles visibles et le royaume céleste de Dieu et de Christ, et qu'on ne se débat que de l'écaille et de l'écorce de la lettre morte, et de cette vie et de ce corps périssable terrestre; qu'on se fait la guerre, qu'on se tue, qu'on détruit tout par le fer et par les flammes, qu'on se persécute et se condamne réciproquement, et cela par amour pour les propres honneurs vains et ignominieux, pour la volupté et les vils intérêts, on se précipite impitoyablement dans la misère, et on se conduit comme s'il n'y avait ni justice ni jugement, ni une félicité ni une condamnation éternelles, ni foi ni connaissance, ni ciel ni enfer, ni anges ni démons, ni vie ni mort : oui, comme s'il n'y avait

jamais eu de Dieu, ou qu'il n'y eût jamais rien à espérer ni à craindre.

50. Notre auteur a prouvé jusqu'à l'évidence par ses argumens incontestables, combien on doit rougir de l'aveuglement et de la dépravation des hommes : il a montré d'une manière irrésistible la grande bonté, la sagesse et la toute-puissance de Dieu sur les hommes; il a fortement et non pas sans peine prêché la pénitence; le lecteur s'en convaincra en lisant ses ouvrages avec quelqu'attention, et se pénétrant bien de la simplicité du christianisme.

51. Notre auteur a aussi parlé de certaines choses (particulièrement des mystères jusqu'alors inconnus de l'engendrement divin et humain, céleste et terrestre, angélique et démoniaque, de leur nature et qualité), que beaucoup de lecteurs ne concevront et ne saisiront pas au premier abord; il faut s'en remettre, pour ce temps, à l'esprit de Dieu, jusqu'à ce qu'une lumière à venir le reconnaisse mieux, et le manifeste à l'homme digne d'en avoir l'intelligence. Car Dieu ne manifeste pas tout de suite et tout d'un coup, selon sa sagesse éternelle, à l'homme, la profondeur de ses secrets, il ne lui en donne que de temps en temps quelques éclairs ou rayons.

52. Il faut bien remarquer, qu'on ne peut pas juger des écrits inspirés de Dieu par des raisonnemens communs payens (comme on est d'ordinaire accoutumé à mêler dans les œuvres et dans les paroles de l'Esprit saint la dialectique impie et lourde d'Aristote, la rhétorique babillarde et la méta-

physique folle, pour les censurer et les critiquer d'une manière blasphématoire); car comment peut juger le Scyte aveugle de la lumière divine? ou que peut dire le Juif paresseux du Verbe vivant? ou le Grec insensé de l'esprit de la sagesse éternelle (qu'il n'a ni vue, ni entendue, ni comprise)? Il y faut la manifestation divine et la régénération dans l'esprit de l'âme c'est-à-dire la lumière de la vérité et de la grâce cachées de Jésus-Christ avec la manifestation du royaume de Dieu, avec le regard et l'avant goût des vertus de l'autre monde et du Verbe bienveillant de Dieu en nous.

53. Les hommes éclairés parmi les payens, les juifs et les chrétiens, qui vécurent dans le point principal du Verbe éternel et vivant, étudièrent d'une toute autre manière leurs oracles, leurs paroles, et opérèrent leurs prodiges d'une manière bien différente de celle des synagogues des hauteurs de Babel et d'Israël (particulièrement cette femme, Philautia de Laodicée, si pieuse, si sage, si clairvoyante et si riche).

54. Nous pourrions citer bien d'autres exemples, s'il était à propos de le faire ici. Mais on n'a qu'à jeter les yeux dans les ouvrages suivans : *de Oculo sydereo; de Triade mystica, de Viâ veterum sapientium de Evangelio exulantum,* copie de l'Horreur de la désolation, *de Judicio theomantico, Seriphiele, Raphaele,* etc. etc.

# RELATION VÉRITABLE

FAITE

## Par CORNEILLE WEISSNER,

DOCTEUR EN MÉDECINE,

DE LA DOUCEUR, DE L'HUMILITÉ ET DE L'AMABILITÉ DE JACOB BŒHME, ET DE L'EXAMEN QU'IL A SUBI A DRESDE, EN PRÉSENCE DE S. A. ELECTORALE ET DE HUIT PRINCIPAUX PROFESSEURS.

---

J'AI fait la connaissance de feu Jacob Bœhme au mois de juillet 1618, à Lauben, mon pays natal, par un marchand (mort actuellement, nommé Schneller) qui fut ainsi que son beau frère, nommé Schrœder, jeune prédicateur, disciple et ami fidèle du défunt; ils se livraient assiduement à la lecture de ses ouvrages, et, à force de prières, ils en avaient obtenu une profonde connaissance de Dieu. Quant à moi j'étais précepteur des enfans du Seigneur de Schweidnitz, nommé Balthasar Tilken; et ce Seigneur étant un de ses antagonistes, je le fus de même. Que Dieu veuille me pardonner d'avoir été du nombre de ses ennemis, étant persuadé qu'il était attaqué de la folie des réformés touchant le choix de la grâce de Dieu dans son fils, etc. C'est pourquoi les deux amis ci-dessus me prièrent un jour de me rendre près d'eux, et d'assister à une conférence, qu'ils avaient avec Jacob Bœhme qui venait d'arriver chez eux.

Je me rendis à cette invitation, et cette conférence chrétienne s'est si bien passée (gloire et honneur en soient rendus à Dieu), que nous sommes devenus des amis francs et loyaux, sans aucun soupçon et sans aucune arrière-pensée, dans une vraie charité chrétienne. Ce brave homme avait supporté ma fougue académique avec une amabilité étonnante, et il avait discuté avec une telle amitié, que ne pouvant plus lui résister par la crainte de Dieu, j'étais obligé de me rendre à la vérité et à l'amabilité de l'esprit de Jésus-Christ en lui; depuis ce temps je ne l'ai plus ni vu ni entendu parler.

Pour ce qui concerne son affaire de Gœrlitz, que je vous ai racontée à N., je la sais pour certaine de mes amis. Cet antagoniste de Gœrlitz qui y fut alors premier pasteur, avait prêté au beau-frère de Jacob Bœhme, jeune boulanger, un écu, pour pouvoir acheter de la farine de froment et en faire des gâteaux de Noël. Pour lui en témoigner sa reconnaissance, ce nouveau marié lui porta un assez grand gâteau, et lui rendit son écu après les fêtes, croyant que Monsieur le pasteur se contenterait du gâteau pour les intérêts de l'argent prêté, et qu'il n'avait gardé que quinze jours. Mais le Pasteur mécontent, le menaça de la colère et de la malédiction de Dieu, et il en effraya tellement ce pauvre boulanger, que celui-ci tomba dans une profonde mélancolie et dans le désespoir de son salut, pour avoir offensé le prêtre, et s'être attiré une telle malédiction, ensorte qu'il ne parlait à personne pendant plusieurs jours, et ne voulait jamais ouvrir son cœur à qui que ce soit, pour dire ce qui l'affligeait tant. Il ne fit que soupirer et gémir, parlant toujours avec lui-même, jusqu'à ce qu'enfin, sur les sollicitations pressantes de sa femme, Jacob Bœhme s'interposa, et arracha enfin à force de prières le secret du jeune homme. Après en avoir été instruit, il le consola autant que possible, et alla trouver le prédicateur irrité, pour le prier de la manière la plus honnête de ne plus être fâché contre ce jeune homme, mais de lui pardonner; qu'il s'engageait à satisfaire le prêtre irrité touchant les intérêts de l'*écu* prêté, pourvu qu'il demandât ce qu'il lui fallait; que cependant, à son avis, le jeune homme avait fait ce qu'il devait faire; si néanmoins le pasteur n'était pas satisfait, il le satisferait avec plaisir.

Là dessus le prédicateur s'est déchaîné contre lui, en demandant ce que ce savetier avait à faire chez lui, pourquoi il venait le déranger et troubler son repos, qu'il n'avait qu'à prendre la porte et se mêler de ses affaires. Mais celui-ci insista beaucoup d'obtenir la grâce du jeune homme, en s'offrant de satisfaire à la demande. Mais le prédicateur honteux et confus de son injustice et de ses torts, pour ne pas en convenir et pour ne rien demander, réitéra encore une fois au suppliant ou au médiateur de prendre la porte. Et étant assis dans son fauteuil et voyant que le suppliant, doux et humble Jacob Bœhme ne se dépêchait pas de s'en aller, il prit une de ses pantoufles et la jeta après lui, lorsque celui-ci lui dit enfin adieu, lequel adieu irrita encore davantage le pasteur. « Qu'ai-je à faire de ton adieu, s'écria-t-il, que m'importe ton adieu ». Mais Jacob Bœhme prit, sans la moindre colère, la pantoufle, et la remit aux pieds du prédicateur, en disant : « ne vous fâchez pas, Monsieur, je ne vous fais point de mal, que Dieu vous conserve, » et il partit ensuite. Le dimanche suivant le pasteur fit pleuvoir du haut de sa chaire, les invectives nominativement sur notre brave homme, il lança des foudres terribles, et menaça toute la ville de la ruine; il le traita de mutin, d'homme turbulent, de méchant, d'hérétique, et il excita le magistrat en présence de toute la commune à sévir contre ce rebelle à ses saintes fonctions, qui molestait les prédicateurs dans leurs maisons, et qui rédigeait des livres hérétiques, afin que Dieu ne se mît pas en colère contre eux, et n'engloutît pas la ville dans sa colère, comme il fit aux révoltés de *Coré*, *Dathan* et *Abiram*, qui s'opposèrent à Moïse, et qui furent engloutis dans la terre avec tout ce qui les entourait, et qui dans le fond des enfers payent leur peine. L'homme innocent, accusé injustement, se tint contre le pilier en face de la chaire, et après avoir tout écouté, se tut, jusqu'à ce que le peuple fut sorti de l'église; il attendit le prédicateur avec son chapelain, ou vicaire, sortir de l'église, il les suivit, et demanda au pasteur au milieu du cimetière : quel mal il avait fait? qu'il ne croyait pas lui avoir dit un seul mot offensant; qu'il le priait de vouloir bien lui dire en présence du chapelain, (qui était avec lui), quelle insulte il lui avait fait, afin de pouvoir lui en demander pardon, et en faire pénitence. Le prêtre ne voulut rien lui répondre là-dessus, mais il le regarda comme s'il voulait le percer de ses yeux, il se mit à baver sa colère, à l'injurier et à le maudire, en disant : éloigne-toi, Satan, retire-toi dans le fond des enfers avec ton tourment, ne peux-tu pas me laisser tranquille, faut-il que tu me persécutes et me molestes encore ici; ne vois-tu pas que je suis un ministre de Dieu (en lui montrant sa soutane) et que je suis dans mes fonctions? Le pauvre Jacob Bœhme, bien affligé et outragé, lui répondit : Oui, vénérable pasteur, je vois qui vous êtes, et j'ai fort bien entendu à l'église de quel esprit vous avez parlé, je vous y ai aussi vu dans vos fonctions, et je vous regarde réellement sans aucun doute comme un ecclésiastique, c'est pourquoi je m'adresse à vous dans cette qualité, pour savoir en quoi je vous ai offensé? Il se tourna ensuite vers le chapelain, et le pria d'intercéder pour lui auprès de M. le pasteur, afin qu'il déclarât en sa présence, en quoi il avait manqué ou péché, pour tonner contre lui du haut de la chaire, et pour exciter le Magistrat à la vengeance; ce qui irrita encore plus le pasteur, en sorte qu'il voulait envoyer chercher par son domestique les sergens de la ville, pour le faire arrêter et jeter en prison; mais son vicaire l'en dissuada, et excusa Jacob Bœhme qu'il engagea à se retirer.

Le lendemain, lundi matin, le Magistrat étant assemblé à l'Hôtel-de-Ville, on fit comparaître l'accusé Jacob Bœhme, pour l'interroger, et n'ayant rien trouvé de répréhensible ni dans ses paroles, ni dans ses actions, ni dans ses gestes, on lui demanda quel mal il avait donc fait au prédicateur; il répondit qu'il l'ignorait, et qu'il n'avait jamais pu le savoir; qu'il suppliait en conséquence le Magistrat de vouloir bien faire venir l'accusateur, ou le prédicateur, pour exposer les plaintes qu'il avait contre lui. Le Magistrat ayant trouvé cette demande juste, il députa deux de ses collégues vers le pasteur, pour le prier de se rendre à l'Hôtel-de-Ville, et de spécifier au moins aux députés les griefs qu'il avait contre l'accusé. Là dessus il se mit en colère, et fit dire au Magistrat qu'il n'avait rien à faire à l'Hôtel-de-Ville; ce qu'il avait à dire, il le dirait à la place de Dieu du haut de la chaire, que là était sa chaise curule; que le Magistrat n'avait qu'à suivre ce qu'il avait dit, et de chasser de la ville cet hérétique impie, méchant et téméraire, afin qu'il ne résiste plus aux saintes fonctions du sacerdoce, et n'attire pas sur la ville entière la punition de *Coré, Dathan* et *Abiram*. Ces Messieurs s'étant consultés ensemble, et ne sachant comment justement remédier à l'affaire, et craignant la véhémence du prédicateur sur la chaire, ils résolurent de bannir de la ville l'innocent Jacob Bœhme, à laquelle résolution quelques membres du Magistrat : ne voulaient pas consentir. Ils se levèrent donc et s'en allèrent; mais les autres firent exécuter la décision, et ordonnèrent aux sergens de la ville de conduire immédiatement l'innocent Bœhme au-delà du territoire de la ville. Le brave homme ne dit autre chose que ces était si satisfait de lui, qu'il eut plusieurs conférences secrètes avec lui, après quoi il le congédia comblé de bontés, et Jacob Bœhme reprit la route de Gœrlitz.

*Lettre de M. le Baron Abraham de Frankenberg, auteur de la vie de J. B., du 21 octobre 1641.*

Que la noble *Sophie* d'en haut réjouisse le cœur de tous ceux qui l'aiment, et produise en eux une volonté sainte et agréable à Dieu.

J'ai appris avec un plaisir inexprimable, qu'il n'y a pas partout des ennemis et des railleurs de la noce céleste, comme il n'y en a malheureusement que trop dans notre patrie sans cela affligée; mais qu'il y a encore dans les pays lointains des amateurs qui, quoiqu'en petit nombre, s'appliquent sans cesse à la sagesse secrète, et qui, s'ils continuent à s'y livrer, jouiront enfin, dans l'esprit et dans la vérité, de l'amour divin, bienheureux et pur, avec une joie et une satisfaction indicibles.

Nous sommes appelés et invités à cette manne mystérieuse, et à ce nectar et à cette ambroisie vraiment divine et naturelle, au commencement de notre siècle AUR (eæ H) ORA *benedictæ*, par le son de la trompette victorieuse du grand *Jehovah*, dans l'instrument et témoin de Jésus-Christ, particulièrement élu à cela de Dieu, mais rejeté à la vérité des hommes, Jacob Bœhme, natif de Vieux Seydenburg, ensuite établi à Gœrlitz, qui a assez montré dans ses écrits profonds, dans quelle époque nous allons entrer, quelles grandes merveilles et quelles choses surprenantes étonneront nos deste et la plus délicate, ensorte que les examinateurs ne savaient que lui dire. L'Electeur étonné leur demanda leurs avis; mais MM. les Docteurs et examinateurs s'en excusèrent, en priant son Altesse Electorale de vouloir bien avoir encore un peu de patience, jusqu'à ce que l'esprit de l'homme se fût mieux expliqué, qu'ils ne l'avaient pas encore compris, mais qu'ils espéraient qu'il serait un peu plus clair une autre fois; mais que, pour le moment, il leur était impossible de dire leur avis.

MM. les Docteurs lui ayant fait subir un autre interrogatoire, J. B. leur fit subir un contre-examen, auquel ils répondirent avec modestie, sans aigreur et sans jalousie, qu'ils avaient été comme pétrifiés, de trouver dans un homme aussi simple et non lettré des choses aussi sublimes, auxquelles ils ne s'attendaient nullement; qu'ils ne l'avaient aucunement injurié, et quoique le candidat ait dit à MM. les Théologues de fortes et belles vérités, et qu'il leur ait fait distinguer le vrai du faux, qu'il ait attaqué toutes les erreurs, et qu'il leur ait montré leur origine comme avec le doigt, il leur avait toujours témoigné le plus grand respect, et les égards qui leur étaient dus. Mais il avait expressément dit aux astrologues: Voilà, Messieurs, jusqu'où va la science de vos mathématiques, jusqu'où elle est fondée dans le secret de la nature, le reste n'est qu'une invention, une folie et un aveuglement des payens, que nous autres Chrétiens devons fuir.

Là dessus ils l'ont renvoyé en paix, et l'Electeur

était si satisfait de lui, qu'il eut plusieurs conférences secrètes avec lui, après quoi il le congédia comblé de bontés, et Jacob Bœhme reprit la route de Gœrlitz.

*Lettre de M. le Baron Abraham de Frankenberg, auteur de la vie de J. B., du 21 octobre 1641.*

Que la noble *Sopkie* d'en haut réjouisse le cœur de tous ceux qui l'aiment, et produise en eux une volonté sainte et agréable à Dieu.

J'ai appris avec un plaisir inexprimable, qu'il n'y a pas partout des ennemis et des railleurs de la noce céleste, comme il n'y en a malheureusement que trop dans notre patrie sans cela affligée; mais qu'il y a encore dans les pays lointains des amateurs qui, quoiqu'en petit nombre, s'appliquent sans cesse à la sagesse secrète, et qui, s'ils continuent à s'y livrer, jouiront enfin, dans l'esprit et dans la vérité, de l'amour divin, bienheureux et pur, avec une joie et une satisfaction indicibles.

Nous sommes appelés et invités à cette manne mystérieuse, et à ce nectar et à cette ambroisie vraiment divine et naturelle, au commencement de notre siècle AUR (eæ H) ORA *benedictœ*, par le son de la trompette victorieuse du grand *Jehovah*, dans l'instrument et témoin de Jésus-Christ, particulièrement élu à cela de Dieu, mais rejeté à la vérité des hommes, Jacob Bœhme, natif de Vieux Seydenburg, ensuite établi à Gœrlitz, qui a assez montré dans ses écrits profonds, dans quelle époque nous allons entrer, quelles grandes merveilles et quelles choses surprenantes étonneront nos descendans; il nous reste donc encore assez de temps pour quitter la coupe énivrante de la grande Babel, et aller au devant de l'époux qui appelle et frappe.

Cet homme bienheureux en Dieu est, sans contredit, une lumière flamboyante, et peut-être même a-t-il été ce nouvel astre merveilleux, qui parut au Ciel, l'an 1572 (deux ans avant la naissance du défunt) dans la constellation de Cassiope et de la voie lactée, pour prédire aux peuples de l'Europe une naissance toute nouvelle des eaux supérieures ignées lumineuses, et pour y rendre attentifs les grands hommes, qui aiment à scruter les secrets de la nature. Attendu qu'il a aussi commencé, comme il me l'a dit souvent de vive voix, son ouvrage le plus important, le *Grand Mystère*, un livre mystérieux, sur la Genèse, l'an 1604 et l'an 1607, à la reparution des nouveaux astres, avec la 7.e plus grande conjonction ou septuple triagonale, et qu'il l'a fini heureusement sous la 8.e sous le septième commencement central. Ensuite il est rentré, en l'an 1624, dans l'année de son Jubilé, ou dans la 50.e année de son âge, selon le mystère, dans sa tombe, ou dans son principe magique et mental.

Ce n'était peut être pas sans raison, qu'il avait commencé à écrire d'abord son ouvrage, intitulé : *l'Aurore naissante*, c'est-à-dire la racine ou la mère de la Philosophie, de l'Astrologie et de la Théologie, etc.; ainsi que son traité appelé le *Chemin pour aller à Christ*, lequel traité commence, selon l'ordre du Nouveau Testament, de la pénitence et de la foi de l'entrée Sainte dans le royaume de Dieu. Non-seulement tous ses ouvrages, mais aussi sa personne, même morte, et enfin son misérable tombeau avec une croix en bois noir, furent indignement calomniés et attaqués par un zèle bien déplacé. Cependant toutes ces choses n'ont jamais été bien examinées, et Jacob Bœhme n'a jamais été convaincu d'une erreur; mais au contraire il est toujours resté fidèle, jusqu'à son dernier soupir, aux dogmes de son Eglise (comme on peut s'en convaincre par les derniers actes de son agonie, ainsi que par ses écrits : *du choix de la Grâce*, *des deux Testamens*, *de la Passion*, *de la Mort et de la Résurrection de Jésus-Christ*). Sans parler de ce qu'il a suffisamment démontré dans son apologie sur le mal et sur le jugement injuste, rendu par ouï-dire, de Grégoire Richter.

Et la contestation touchant le tombeau imité de Christ et de son témoin fidèle, Jacob Bœhme, fut à Gœrlitz, d'une importance égale à celle d'un livre de M. Luther, qui fut proscrit et blasphémé par les peuples septentrionaux et méridionaux, je passe sous silence ceux de l'Orient et d'Occident, lequel livre fut ensuite chèrement acheté et remis sous la protection et dans le trésor electoral, afin que les témoins fidèles et précieux de la lumière et du droit véritables, clairs, non-falsifiés et évangéliques, restassent intacts, comme Moïse resta intact dans le tombeau, et que la chrétienté évangélique eût un signe merveilleux particulier et irrécusable, pour reconnaître la grâce particulière de Dieu et de son esprit en Jésus-Christ, leur chef et sauveur unique et éternel.

C'est pourquoi il faut encore remarquer au sujet de ces écrits merveilleux immédiatement manifestés de Dieu à notre siècle, que ces écrits ne sont pas des pièces rapportées à la mosaïque, qu'ils ne sont pas écrits dans un esprit mondain, qu'ils n'ont jamais été ni corrigés ni retouchés, qu'ils sont, pour ainsi dire, d'un seul jet, qu'ils sont de la main propre de l'auteur, ce que plusieurs témoins peuvent prouver avec moi; mais il faut lire et examiner ces livres avec d'autres yeux que ceux de la raison.

Il ne faut pas se cacher non plus, que l'accomplissement du temps n'est pas encore arrivé, où l'on puisse, à sa satisfaction, reconnaître les différentes merveilles cachées jusqu'à présent. Un tel ouvrage ne se laisse pas non plus manipuler avec des mains impures; mais il faut que cela se fasse à la sueur de son front, avec un cœur, un esprit et une volonté soumis à Dieu.

*Lettre d'un Magistrat de Gœrlitz, touchant la personne et les écrits de Jacob Bœhme.*

Il y a des gens qui nient qu'un cordonnier ait été l'auteur des livres en question, et ils donnent à entendre par là, qu'ils ne croient pas que Dieu puisse opérer dans des laïcs ignares des écritures et des langues, c'est-à-dire dans des personnes non savantes dans les lettres; mais qu'il faut qu'il opère par des gens au fait du latin et des autres langues, et que Dieu veut particulièrement prononcer son Verbe et manifester son esprit par des hommes qui ont cherché leur esprit et leurs pointes sur les hauteurs d'Israel : mais ils n'enlèveront pas à Dieu sa puissance, ils sont en trop petit nombre. S'ils ne voulaient pas être prudens de soi-même, c'est-à-dire, s'ils n'apportaient pas l'esprit et le jugement des écoles, ou une certaine forme de logique bien ampoulée, dans les Écritures, et dans les ouvrages et dans les écrits des autres hommes, et s'ils portaient au contraire les Écritures, comme le témoignage de Dieu, dans leur école : ils s'en désabuseraient peut-être, et ils croiraient, ce qu'ils ne veulent pas à cause de leurs rêveries d'école trop enracinées, et ils mettraient en première ligne le don de l'Esprit saint, au lieu d'oser le mettre en doute, et veulent néanmoins passer pour prêtres. Il n'y a pas encore si long-temps, que Jacob Bœhme a vécu, et sa personne fut assez connue ici. Quant à moi, je ne l'ai pas connu, étant, au temps où il écrivit, encore trop jeune; et lorsqu'il reprit, après une défense de plusieurs années, la plume, et que le premier pasteur le fit passer pour hérétique du haut de sa chaire, j'étais absent. Mais en 1624, peu de temps après sa mort, je fis la connaissance de ses amis les plus intimes et des amateurs de sa science, qui avaient vécu avec lui dans une familiarité particulière. M. Jonas Liebing, juge à Weissenœde (à 4 lieues de Nuremberg) chez lequel j'avais séjourné pendant quelque temps, m'avait écrit et demandé plusieurs fois, de lui procurer quelques renseignemens certains sur J. Bœhme, pour pouvoir les communiquer à M. Chrestien Beckmann, recteur du Gymnase d'Amberg : attendu qu'ils ne pouvaient pas croire qu'un idiot possédât une connaissance si profonde et si extraordinaire de Dieu et de la nature. Voici entre autres quelques passages de la lettre de Beckmann à Liebing : *superiori hyeme scripserat ad me amicus : Gœrlitii esse virum plebeium et alias Jacob Bœhme nomine, qui singulari spiritus gratiâ delibatus et varias linguas proloquatur, et insuper libros multæ sapientiæ plenos conficiat. Ex illo tempore non destiti sollicitè inquirere an ita sit*, etc. *Tandem antè pauculos dies Egram veni, et inter alia inibi apud amicum, vidi libros tres manuscriptos et satis quidem grandes Bœhmii illius. Quid dicam? Ut legi, ut obstupui? Itane virum e multis, in schola non eruditum, tam profunda misteria aggredi, et tam politè scribere! Enimverò ista methodus et rerum abditarum expositio facit, ut dubitem de authore. Dicitur esse idiota Bœhmius. Nondum credere possum : nisi certior adhuc fiam talem esse Gœrlitii, talia eum scripsisse : idque unius et alterius viri sincerioris testimonio.* Parmi les anciens amis de Jacob Bœhme il y en avait un, que je fréquentais beaucoup, et qui racontait, qu'un certain médecin, nommé Tobie Kober, que je connais beaucoup, avait plusieurs fois mis à l'épreuve la connaissance de la langue de la nature que possédait J. Bœhme, savoir qu'à la promenade, qu'ils firent souvent ensemble comme amis intimes, ils s'étaient montrés mutuellement les fleurs, les plantes et les herbes, que lui (J. B.) avait aussitôt indiqué de leur empreinte et forme extérieures, la puissance, la vertu et la qualité internes, par les lettres, syllabes et mots de leur nom insoufflé et attribué. Mais il aimait préférablement à toutes les autres langues entendre prononcer leur nom en hébreu, cette langue étant la plus proche de la nature : et quand on n'en savait pas le nom en hébreu, il le demandait en grec. Et le médecin donnant exprès un faux nom, Jacob Bœhme, après avoir comparé la qualité de la plante avec sa forme et couleur, s'aperçut aussitôt de la tromperie et dit : que cela ne pouvait pas être le vrai nom, et qu'il le prouvait jusqu'à l'évidence. D'où il est peut-être venu qu'on a dit de lui, qu'il savait parler des langues étrangères, ce qui n'était cependant pas, et il ne s'en était jamais vanté non plus. A les entendre parler, il a bien pu les comprendre, M. *David de Schweinich* en a rendu un témoignage éclatant quelque temps avant sa mort. Ce gentilhomme pieux et brave, connu par ses cantiques spirituels qu'il a fait imprimer, a raconté un jour dans une société de gens de condition et de savoir : qu'ayant fait venir J. B. à sa terre, où il y avait beaucoup de monde, et qu'on parlait à table différentes langues, il avait compris le latin aussi bien que le français, et il aurait compris toute autre langue qu'on eût voulu parler, par le moyen de la langue de la nature. Il y a encore d'autres gentilhommes qui en rendent témoignage, principalement M. de

Frankenberg, qui a fait imprimer ici, à Gœrlitz l'an 1622, son livre de la pénitence, *de la résignation et de la vie sur-sensuelle* (sous le titre : *le Chemin pour aller à Christ*). Je pourrais fournir encore d'autres preuves que ce fut Jacob Bœhme, et non pas un autre sous son nom, chez lequel les merveilles de Dieu se sont manifestées. Je passe sous silence ceux de ma connaissance, qui, par l'assistance de cet homme et par les discours persuasifs de son esprit, ont changé soudainement de conduite et ont mené une vie toute nouvelle : ensorte qu'étant adonnés auparavant à la vanité de ce monde, aux voluptés de la chair, et ne s'étant jamais montrés à leurs sujets que comme des loups dévorans, ils sont devenus, au grand étonnement de tout le monde, ennemis de la volupté, et doux comme des agneaux pour leurs sujets, et qu'ils avaient pleuré avec une vraie contrition leur vie précédente scandaleuse. Je n'ai jamais ouï dire à aucun de ceux qui l'ont connu, qu'il n'ait pas été l'auteur des ouvrages qui parurent ensuite sous le titre *du Philosophe teutonique*, en Allemand, en Anglais et en Latin. Car s'il en était autrement, il n'aurait pas été visité ici par tant d'étrangers, et il n'en aurait pas été prié de se rendre chez eux : car certainement il y avait parmi tout ce monde des gens qui possédaient l'esprit de l'examen, qu'il a pu convaincre de ses talens sublimes, et leur rendre raison de ses écrits : comme il l'a aussi fait, et tout ce qu'il a écrit, il l'a prouvé de vive voix, à ses auditeurs, avec une vertu et une force admirables.

Lorsqu'il passa quelque temps chez le conseiller intime de l'Electeur, à Dresde, qu'il y écrivit, et qu'à cette occasion il était obligé de subir un examen ; un autre n'a sans doute pas pu répondre pour lui. Que cet examen ait eu lieu, c'est généralement reconnu. On trouve aussi dans le *Diario* du Bourguemestre Bartholomée Sculter, fameux mathématicien et théosophe, qu'en l'an 1613, jul. 26, Jacob Bœhme, cordonnier, demeurant entre les portes derrière le maréchal de l'hôpital, avait été mandé devant le magistrat, qu'il avait été interrogé touchant sa croyance enthousiaste, qu'il avait été retenu en prison, que son livre écrit in-4.° avait été apporté par le sergent de la ville, et qu'ensuite il avait été mis en liberté avec l'ordre de ne plus se mêler d'écrire. On y lit encore, que le 30 juillet, Jacob Bœhme, le cordonnier, avait été appelé dans le presbytère du premier prédicateur Richter, où il subit un examen sévère sur sa profession de foi; et que déjà bien avant ce même prédicateur avait tonné du haut de la chaire contre lui, en parlant du faux prophète de l'Evangile.

On voit donc par là, que dans aucun temps on n'a pris un autre que le cordonnier pour le soi-disant enthousiaste, et pour l'auteur du livre appelé *l'Aurore;* et qui, à ce que j'ai appris dans d'autres endroits, a été envoyé, par notre Magistrat, à Dresde, à un endroit sûr. Je lis encore dans les annales de l'ancien Bourguemestre, Jean Emmerich « les paroles suivantes, l'an 1624, le 7-17 novembre mourut le cordonnier, que Grégoire

Richter a souvent et beaucoup calomnié, mais ce que le cordonnier avait assez réfuté; il aurait mieux valu le laisser tranquille, cette affaire a fait peu d'honneur à Richter, etc. Il aurait sans doute beaucoup mieux valu, que le prédicateur eût laissé tranquille le cordonnier, dont je n'ai jamais rien appris de malhonnête, il n'aurait pas eu besoin, pour sauver sa réputation, de faire une apologie contre ses calomnies, et de publier la propre honte du pasteur ».

Mais le prédicateur l'avait fait connaître au public par le moyen des langues médisantes, et avait dû contribuer à son honneur auprès des personnes impartiales, et cela à son propre désavantage. Bref, du vivant de Jacob Bœhme, il n'y avait personne qui ne le regardât comme l'auteur véritable et unique, ou pour le vrai instrument des livres en question : ce ne fut qu'après sa mort que le monde nouveau postérieur, qui ne l'avait pas connu, se plut à tirer en doute les connaissances sublimes d'un homme simple.

M. Abraham de Frankenberg a fait une courte notice de la vie de l'auteur, ainsi que la liste de tous ses ouvrages, en latin, et a remis le tout à un de ses amis, qui l'envoya, l'année suivante, en 1638, à Amsterdam, après l'avoir traduit en Allemand, pour un de ses amis : cette vie fut ensuite ajoutée aux ouvrages qui parurent, mais à l'insu de l'auteur qui, s'il avait su qu'elle aurait le sort d'être imprimée, l'eût mieux travaillée, ajouté ou retranché, et aurait peut être supprimé les grands secrets de la personne, qui lui étaient particulièrement connus. Les ouvrages qui rendent témoignage de l'homme secret et de l'ame de Dieu, c'est-à-dire ses ouvrages connus en différens endroits, sont assez décriés par leurs adversaires.

L'an 1639, Abraham Wilhemson van Beyerland, citoyen et négociant d'Amsterdam, a traduit ces livres avec beaucoup de soin et avec une grande application dans sa langue maternelle, c'est-à-dire en Hollandais, et les a fait imprimer à ses frais et à ses dépens, lesquels écrits j'avais, pour la plupart, vus dans les années 1624 et 1625, et les années suivantes entre mes mains avant qu'ils partissent pour la Hollande. Les manuscrits de l'auteur, ou la plus grande partie de ses manuscrits les plus importans, se sont retrouvés, il y a onze ans, lors de mon retour d'une absence de 25 ans, dans la succession d'un de mes anciens amis : son cousin, un jeune homme, les avait remis à un autre jeune homme, et celui-ci les vendit à un marchand de Lauben 3 ou 4 écus, qu'il n'avait jamais reçus. Ce marchand les offre maintenant pour 100 ducats, et les a pour cet effet déposés à Leipsik. J'avais pris des mesures pour les sauver des mains indignes, ou pour les sauver de la destruction ; mais peut-on arracher quelque chose d'un avare?

Il n'existe plus aucun des fils de Jacob Bœhme. Le livre du *jugement dernier* n'existe plus, il a été la proie des flammes à Gros-Glogau. Celui *des derniers temps*, que je n'ai pas encore, j'espère le trouver en Silésie.

Gœrlitz, le 21 février 1669.

# CLEF,

OU

# EXPLICATION DES DIVERS POINTS

## ET TERMES PRINCIPAUX,

EMPLOYÉS PAR L'AUTEUR DANS SES OUVRAGES;

Faite au mois d'Avril 1624,

PAR JACOB BOEHME.

---

## TABLE DES MATIÈRES.

---

1. COMMENT il faut considérer Dieu hors de la nature et hors de la créature.

2. Comment le Dieu unique est trinaire.

3. Du Verbe éternel de Dieu.

4. Du nom saint de *Jehovah*.

5. De la sagesse divine.

6. Du grand mystère.

7. Du centre de la nature éternelle.

8. De la nature éternelle et de ses sept qualités.

9. Explication des sept qualités de la nature éternelle.

10. Du troisième principe, c'est-à-dire du monde visible, de son origine et de la création.
11. De l'esprit du monde et des élémens.
12. Formule abrégée de la Manifestation divine.
13. Explication de quelques mots.
14. Explication de divers termes.
15. Explication d'un Schema et de trois tables.

---

# AVANT-PROPOS.

1. Il est écrit que l'homme naturel ne conçoit rien de ce qui est de l'esprit, ni du mystère du royaume de Dieu; que c'est une folie pour lui, et qu'il n'en peut rien comprendre. C'est pourquoi nous exhortons le Chrétien, amateur des mystères, que s'il veut se vouer à la lecture de ces écritures sublimes, il ne les lise pas superficiellement, mais en y réfléchissant beaucoup; autrement il s'arrêtera sur la surface, et il n'en obtiendra qu'une peinture; car la raison propre, sans la lumière divine, ne peut pas pénétrer le fond; quelqu'élevé et quelque sublime que soit son génie, il n'en saisira que la surface, comme celle d'un miroir: car Christ dit: vous ne pourrez rien faire sans moi: je suis la lumière du monde et la vie des hommes.

2. Celui qui veut sonder le fond divin, c'est-à-dire la manifestation divine, doit réfléchir d'abord à quelle fin il l'entreprend, s'il est aussi bien résolu à pratiquer ce dont il veut s'instruire, s'il veut s'en servir à la gloire de Dieu et au bien de l'humanité: s'il demande à mourir au monde et à sa volonté propre, à vivre dans ce qu'il cherche et désire, et à être un seul esprit avec lui.

3. S'il n'a pas pris la résolution, que si Dieu se manifeste à lui par son mystère, d'être un esprit et une volonté avec lui, de se soumettre entièrement à lui, afin que l'esprit de Dieu puisse faire par lui et avec lui ce qui lui plaira; que Dieu soit son savoir, son vouloir et sa force; il n'est pas apte à de semblables connaissances et intelligences; car il y a beaucoup de gens qui ne cherchent des secrets que pour briller aux yeux du monde et pour en être estimés, et pour leur propre avantage; mais ils n'y parviendront pas, quoiqu'il soit écrit que l'esprit peut scrutiner toutes choses, même la profondeur de la Divinité.

4. Il faut que ce soit un homme entièrement résigné et une volonté soumise, où Dieu scrute et opère lui-même, qui pénètre continuellement jusqu'à Dieu par l'humilité et par l'abandon, qui ne recherche que sa patrie éternelle et le bien-être de son prochain, il l'obtiendra alors; mais il faut qu'il se mette à l'œuvre par la pénitence et par des prières ferventes, afin que l'intelligence interne lui soit ouverte, l'intérieur s'inqualifiera alors avec l'extérieur.

5. S'il lit de pareils écrits sans les comprendre, il ne faut pas qu'il les rejette tout de suite, et qu'il les juge impossibles à entendre; il faut qu'il s'adresse à Dieu, qu'il lui en demande la grâce et l'intelligence; qu'il les relise ensuite, il les trouvera plus clairs, jusqu'à ce qu'enfin il soit entraîné dans la profondeur par la puissance divine, et qu'il parvienne au fond surnaturel et sursensuel, c'est-à-dire jusqu'à l'unité éternelle

de Dieu, où il entendra des paroles inexprimables virtuelles, qui le conduiront par l'effluve divin jusqu'à la matière la plus grossière de la terre, et le ramèneront à Dieu. Alors l'esprit de Dieu scrutera toutes choses par lui et avec lui, et de cette manière il sera instruit et dirigé de Dieu.

6. Les amateurs ayant désiré une clef ou une explication de mes ouvrages, je m'empresse de satisfaire leurs désirs et de rédiger un abrégé succinct des mots étrangers que j'ai puisés en partie dans la nature, et en partie empruntés des maîtres de l'art, mais non pas sans les avoir examinés et approuvés auparavant.

7. La raison veut se formaliser quand, pour expliquer des choses naturelles, elle rencontre çà et là des termes et des mots payens, et elle s'imagine qu'il ne faut employer que des mots bibliques, qui cependant ne conviennent pas pas toujours à l'application fondamentale des qualités de la nature, attendu qu'on n'y peut pas exprimer la base, et que les payens sages et les juifs ont caché, sous le sceau de ces mots, la base profonde de la nature, sachant fort bien que la connaissance de la nature n'était pas de la compétence de tout le monde, mais seulement de celui que Dieu avait choisi à cela par la nature.

8. Que personne ne s'en scandalise, car quand Dieu manifeste ses secrets à un homme, il lui met aussi dans l'esprit, comment il les doit prononcer, car Dieu reconnait fort bien, que chaque

siècle exige de rasseoir sur leur base les langues et les opinions confuses : il ne faut pas croire non plus, que cela se fasse par l'intelligence de l'homme : la manifestation des choses divines se fait par le principe interne du monde spirituel, qui les réduit en formes telles que le créateur veut les manifester.

9. Je vais donc donner une explication abrégée de la manifestation divine, autant qu'il me sera possible de le faire dans un plan resserré; j'expliquerai aussi les mots étrangers pour l'intelligence des autres livres, et je présenterai un sommaire de ces ouvrages, c'est-à-dire une formule courte, afin que les commençans puissent y réfléchir.

On trouvera une explication plus étendue dans tous mes autres ouvrages.

---

# EXPLICATION
## DES TERMES.

---

*Comment il faut considérer Dieu hors de la nature et hors de la créature.*

1. Moïse dit : *Le Seigneur notre Dieu est un Dieu unique*, et il est encore écrit : *Toutes choses sont de de lui, par lui et en lui.* Il y a encore dans un autre endroit : *N'est-ce pas moi qui remplis toutes choses :* et dans un autre endroit encore : *Tout ce qui a été fait, a été fait par lui.*

2. C'est pourquoi il faut dire, que Dieu est l'origine de toutes choses ; qu'il est l'unité éternelle, infinie : si l'on me demandait, par exemple, que resterait-il au lieu de ce monde, si les quatre élémens, le firmament et toute la nature disparaissaient et cessaient d'exister, ensorte qu'il n'y aurait plus rien du tout ? Je répondrais : il resterait cette même unité éternelle, de laquelle sont provenues la nature et la créature. Il en serait de même en disant : qu'y a-t-il à un million de lieues au-dessus des astres, là où il n'y a pas de créature ? Il y a, dirais-je, l'unité éternelle, immuable, l'unique bien, qui n'a rien, ni devant lui, ni derrière lui, pour lui donner ou pour lui prendre quelque chose, ou d'où cette unité provienne ; il n'y a là ni fondement, ni temps, ni lieu, c'est le Dieu unique ou le bien unique, qu'il est impossible de prononcer.

*Continuation de l'examen comment ce Dieu unique est trinaire.*

3. L'Écriture sainte nous montre que ce Dieu unique est trinaire, c'est-à-dire une essence unique triple, qui a trois vertus différentes, laquelle essence, cependant, n'est qu'un être unique, comme on peut s'en convaincre par la vertu émanée de toutes choses.

4. Nous en avons un exemple particulier du feu, de la lumière et de l'air, qui sont trois virtualités particulières, et qui cependant ne sont qu'un principe et un être uniques, et de même qu'on voit, que le feu, la lumière et l'air proviennent d'un cierge, le cierge n'étant cependant pas aucune de ces choses, et qu'il en est cependant la cause, de même aussi l'unité éternelle est la cause et le principe de la Trinité éternelle, qui se manifeste elle-même de l'unité éternelle, et s'inqualifie avec un vouloir, ou avec une volonté, avec l'allégresse et avec l'émanation.

5. Le vouloir, ou la volonté, est le père, c'est-à-dire, la manifestation ou le mouvement de l'unité, par lequel mouvement l'unité se veut elle-même.

6. L'allégresse est le fils, c'est-à-dire la chose que la volonté veut, son amour et son affection; on peut s'en convaincre par le baptême de Christ, où le père dit: (*Math.* 3. v. 17.) *Celui-ci est mon fils bien aimé, dans lequel j'ai mis toute mon affection, écoutez-le.*

7. L'allégresse est la *saisissabilité* de la volonté,

où la volonté de l'unité inqualifie avec une virtualité et avec un lieu de son soi-même, par lesquels la volonté opère et veut, une sensibilité et une puissance de la volonté.

8. La volonté est le Père, c'est-à-dire le vouloir; et l'allégresse est le fils, c'est-à-dire la virtualité et l'effet du vouloir, par lesquels la volonté opère; et l'Esprit saint est la volonté qui émane de l'allégresse de la puissance, comme une vie de la volonté de la puissance et de l'allégresse.

9. Il provient donc trois effets différens de l'unité éternelle : c'est-à-dire l'unité est le vouloir de son soi-même; l'allégresse est un être virtuel du vouloir, et une joie éternelle de la sensibilité du vouloir, et l'esprit-saint est l'émanation de la puissance, comme on en voit une figure à une plante.

10. L'aimant, c'est-à-dire le désir essentiel de la nature, la volonté du désir de la nature, se saisit en une essence, ou en un être d'une plante, et dans la saisissabilité du désir le désir devient sensible et inqualifiant, et de cette même inqualification, provient la virtualité, où le désir magnétique de la nature, c'est-à-dire la volonté émanée de Dieu, opère d'une manière naturelle. Dans cette sensibilité virtuelle la volonté devient magnétique, désireuse, exaltante et pleine d'allégresse, et elle émane de la puissance inqualifiante, d'où provient la croissance et l'odeur de la plante; nous voyons donc la figure de la Trinité de Dieu dans toutes les choses végétatives et vivantes.

11. S'il n'y avait pas une sensibilité pareille,

désireuse, et une inqualification pareille qui procèdent de l'unité éternelle, cette unité serait un silence éternel, c'est-à-dire un rien, et il n'y aurait ni nature, ni créature, ni couleur, ni forme ; de même aussi il n'y aurait rien en ce monde sans ces trois sortes de vertus ou de qualités, et il n'y aurait pas de monde non plus.

### *Du Verbe éternel de Dieu.*

12. L'Écriture sainte dit, que Dieu a fait toutes choses par son Verbe, et que Dieu était le Verbe, (*Jean*, *I*, ) Concevez-le ainsi.

13. Le Verbe n'est autre chose que la volonté exhalante de la puissance, une séparabilité de la puissance en beaucoup de puissances, un partage et une émanation de l'Unité, d'où provient la science, car dans une essence unique, où il n'y a pas de divisibilité, qui n'est qu'une, là il n'y a pas de science, car si cela était, il n'y aurait qu'une seule chose qui le sût, c'est-à-dire soi-même; mais lorsqu'elle se divise et se partage, la volonté qui sépare, passe à la quantité, et chaque séparation opère en soi-même.

14. Mais l'unité ne pouvant pas se diviser ni se séparer, la séparation demeure dans la volonté exhalante de l'unité, et la volonté de l'exhalation ne produit que des variétés, par lesquelles la volonté éternelle, ainsi que l'allégresse et l'émanation s'inqualifient avec les sciences des formes infinies, ou de l'intelligence, c'est-à-dire avec une science éternelle, positive et sensible des puissances, où, dans la séparation de la volonté, un sens

ou une forme de la volonté voit, sent, goûte, odore et entend l'autre, et n'étant cependant qu'un effet délicieux, comme le grand lien de l'allégresse de l'amour, et l'être bienfaisant unique.

### Du nom saint de Jehovah.

15. Les anciens Rabbins l'ont compris en quelque sorte, car ils ont dit, que ce nom était le nom le plus sublime de Dieu, par lequel nom on comprenait, dans le sens, la Divinité véritable, et cela est vrai; car le sens véritable renferme la vraie vie de toutes choses, le temps et l'éternité, le fond et le sans-fond, et c'est Dieu lui-même, c'est-à-dire la sensibilité, la saisissabilité, la science et l'amour véritable de Dieu, c'est-à-dire l'origine véritable dans l'unité virtuelle, d'où proviennent les cinq sens de la vie véritable.

16. Chaque lettre de ce nom signifie une puissance et une vertu particulières, comme une forme de la puissance agissante. L'I est une émanation de l'unité éternelle, inséparable, c'est-à-dire la sainteté douce, le fond du moi-même divin. L'E est un triple I, où l'unité se renferme dans la Trinité, car l'I va dans l'E, et se prononce IE, comme un souffle de l'unité en soi-même. L'H est le Verbe, ou le souffle de la Trinité de Dieu. L'O est la circonférence, c'est-à-dire le fils de Dieu, par lequel le IE prononce avec l'H ou avec le souffle, concevez de l'allégresse saisie de la puissance. Le V est l'émanation pleine d'allégresse du souffle, c'est-à-dire l'esprit procédant de Dieu. L'A est l'émané de la puissance, c'est-à-dire la Sagesse,

un sujet de la Trinité, dans lequel la Trinité opère, et où la Trinité est manifeste. Ce nom n'est autre chose qu'une expression des trois sortes d'actions de la Trinité Sainte dans l'unité de Dieu, dont nous avons parlé plus amplement dans l'explication des tables des trois principes de la manifestation divine.

### *De la Sagesse Divine.*

17. La Sainte Écriture dit, que la Sagesse est le souffle de la vertu divine, un rayon et une respiration du Tout-puissant. Elle dit encore, que Dieu a fait toutes choses par sa sagesse. Concevez-le ainsi.

18. La Sagesse est le verbe prononcé de la puissance, de la science, et de la sainteté de Dieu; elle est un sujet ou un réfléchissement de l'unité insondable, un être dans lequel l'Esprit saint opère, forme et figure; concevez qu'il forme et figure l'intelligence divine dans la Sagesse, car elle est le passif, et l'esprit de Dieu en elle, est l'actif ou la vie, comme l'âme dans le corps.

19. Elle est le grand mystère de genre divin, car en elle se manifestent les puissances, les couleurs et les vertus : elle renferme la divisibilité de la puissance, c'est-à-dire de l'intelligence; elle est elle-même l'intelligence divine, c'est-à-dire la contemplation divine, où l'unité est manifeste: elle est le vrai *chaos* divin, qui renferme tout comme une imagination divine, où l'idée des anges et des âmes a été vue dès l'éternité, dans une ressemblance

divine; non pas comme des créatures, mais dans une réflection, comme un homme se voit dans un miroir: c'est pourquoi l'idée angélique et humaine est découlée de la sagesse, et a été transformée en une image, car Moïse dit: Dieu créa l'homme à son image, c'est-à-dire: Dieu créa le corps, et lui inspira l'haleine de l'effluve divin de l'intelligence divine, de tous les principes de la manifestation divine.

*Du grand Mystère.*

20. Le grand Mystère est un sujet de la Sagesse, d'où découle le Verbe respirant, ou la vertu active et désireuse de l'intelligence divine par la Sagesse, et d'où émane aussi l'unité de Dieu pour se manifester, car dans le grand mystère s'originise la nature éternelle, et on comprend toujours dans le grand mystère, deux essences et deux volontés.

21. Savoir : l'une de ces essences est l'unité de Dieu, c'est-à-dire la puissance divine, la sagesse émanante. L'autre essence est la volonté séparable, qui provient du Verbe qui respire et prononce, qui n'a pas sa base dans l'unité, mais dans la mobilité de l'effluve, ou de l'exhalation qui s'inqualifie avec la propre volonté, et avec le désir de la nature, c'est-à-dire avec des qualités, à l'exception du feu et de la lumière, la vie naturelle étant comprise dans le feu, et la vie sainte dans la lumière, comme une manifestation de l'unité, par laquelle manifestation l'unité est un feu d'amour ou une lumière: et en cet endroit ou

en cette inqualification, Dieu se nomme un Dieu bon et miséricordieux, selon l'amour âcre, ardent de l'unité, et un Dieu colérique, jaloux, selon la base ignée de la nature éternelle.

22. Le *grand Mystère* est le chaos, d'où, dès l'éternité, sont découlées et devenues manifestes, la lumière et les ténèbres, c'est-à-dire le fondement du ciel et de l'enfer: car le fondement que nous appellons maintenant l'enfer, c'est-à-dire un principe propre, est la base et la cause du feu de la nature éternelle, lequel feu n'est en Dieu qu'un enflammement de l'amour; et où Dieu n'est pas manifeste, selon l'unité, dans une chose, c'est une ardeur douloureuse. Cette ardeur de feu n'est qu'une manifestation de la vie et de l'amour divin, par lequel feu ardent, l'amour divin, c'est-à-dire l'unité, s'enflamme et s'aiguise pour une inqualification ignée de la puissance de Dieu.

23. C'est pourquoi ce principe est appelé le *grand Mystère* ou le *Chaos*, d'où proviennent le mal et le bien, c'est-à-dire la lumière et les ténèbres, la vie et la mort, la joie et la souffrance, la félicité éternelle et la condamnation, car il est le principe des anges et des âmes, et de toutes les créatures éternelles, tant mauvaises que bonnes; un fondement du ciel et des enfers, du monde visible et de tout ce qui existe; tout était renfermé dans un principe unique, de même qu'une statue est renfermée dans un bloc de marbre, avant que l'artiste la sculpte ou la forme, quoiqu'on ne puisse pas dire du monde spirituel, qu'il ait eu un commencement, mais il est devenu manifeste

du *Chaos*, dès l'éternité, car la lumière a, dès l'éternité, lui dans les ténèbres, et les ténèbres ne l'ont point comprise, de même que le jour et la nuit sont l'un dans l'autre, et que deux sont cependant en un; il faut que je parle de chacun à part, comme s'il avait eu un commencement, pour réfléchir sur le principe divin de la manifestation divine, comment il faut distinguer la nature de la Divinité, d'où est provenu le mal et le bien, et quel est l'être de tous les êtres.

### *Du Centre de la Nature éternelle.*

24. Par le mot *centre*, on entend le premier principe de la nature, c'est-à-dire le fond le plus interne, où la volonté propre, conçue, s'inqualifie avec une adoption du soi-même, comme avec une virtualité naturelle, car la nature n'est qu'un instrument de Dieu, par lequel la puissance divine opère, et qui, cependant, a une mobilité propre de la volonté émanée de Dieu: elle est le centre, le point ou le principe de l'adoption propre du moi-même, d'où provient quelque chose, c'est-à-dire d'où proviennent les sept qualités.

### *De la Nature éternelle et de ses sept qualités.*

25. La nature n'est autre chose, que les qualités de l'adoption du désir propre né, lequel désir provient de la variété infinie du Verbe qui exhale, c'est-à-dire de la puissance qui exhale, où les qualités s'inqualifient avec l'essence: cet être se nomme être naturel, et il n'est pas Dieu lui-même, car

Dieu réside bien dans toute la nature, mais la nature ne le comprend qu'autant que l'unité de Dieu s'infuse en même temps dans l'être naturel, et le rend essentiel, comme un être lumineux qui opère en soi-même dans la nature, et pénètre à travers la nature, autrement l'unité divine de la nature, c'est-à-dire l'adoption désireuse est incompréhensible.

26. La nature provient de l'amour divin et des sciences divines, et elle est une formation et une configuration continuelle des sciences et de l'amour divin: ce que le Verbe fait par la Sagesse, la Nature le façonne en qualités.

La Nature ressemble à un charpentier, qui construit la maison que l'esprit avait auparavant projetée en soi; il faut le concevoir de même ici, ce que l'esprit éternel forme dans la Sagesse de Dieu, dans la puissance divine, et dont il se fait une idée, la Nature le forme en une qualité.

28. La Nature est, de son propre principe, un mélange de sept qualités, et ces sept qualités se varient jusqu'à l'infini.

29. La première qualité de la Nature est le désir qui produit l'astringence, l'âpreté, la dureté, le froid, et la substance.

30. L'autre qualité est le mouvement ou l'attract du désir, qui cause l'action de percer, de rompre, et de trancher la dureté, qui rompt ce que le désir a attiré, et le réduit en quantités; elle est la cause de l'amertume, ainsi que la racine véritable de la vie, elle est le Vulcain pour faire du feu.

31. La troisième qualité est la sensibilité du brisement de la dureté astringente; elle est le principe de l'angoisse et de la volonté propre, où la volonté éternelle veut se manifester, c'est-à-dire, elle veut être un feu et une lumière, un éclair et un éclat, où paraissent les puissances, les couleurs et les vertus. Ces trois qualités renferment le fondement de la colère et de l'enfer, et de tout ce qui est colérique.

32. La quatrième qualité est le feu, où l'unité paraît dans la lumière, c'est-à-dire dans un enflammement d'amour, et la colère est l'essence du feu.

33. La cinquième qualité est la lumière avec sa puissance d'amour, où l'unité coopère dans un être naturel.

34. La sixième qualité est le son ou le ton, ou l'intelligence naturelle, où les cinq sens opèrent d'une manière spirituelle, c'est-à-dire dans une vie intelligente, spirituelle.

35. La septième qualité est le sujet, ou la circonférence des six autres qualités, où elles agissent, comme la vie dans la chair, et elle s'appelle, à juste titre, la septième qualité, le principe ou le lieu de la nature, où toutes les qualités ne sont que dans un seul principe.

36. Il faut toujours comprendre deux essences dans ces sept qualités. Savoir : d'abord selon l'abîme. Par ces qualités, on entend l'être divin, c'est-à-dire la volonté divine, avec l'unité émanante de Dieu, qui découle aussi de la nature, et s'inqualifie avec l'adoption de l'âcreté, dont l'amour

éternel devient sensible et virtuel, et pour qu'il y ait quelque chose qui soit passif, où il puisse se manifester et être reconnu, dont il soit aimé et désiré de nouveau, comme la nature douloureuse et souffrante, qui, par l'amour, est changée en un royaume d'allégresse éternel: quand l'amour du feu se manifeste dans la lumière, il *surenflamme* la nature et la pénètre, comme le soleil pénètre au travers d'une plante, ou comme le feu pénètre le fer.

37. La deuxième essence est la substance propre de la nature, laquelle substance est douloureuse et souffrante, et elle est l'instrument de l'agent, car où il n'y a pas de souffrance, là il n'y a pas de désir non plus, pour en être délivré ou soulagé; et où il n'y a pas de désir d'amélioration, là repose la chose en soi-même, et c'est pourquoi l'unité éternelle s'inqualifie par son effluve et par sa divisibilité avec une nature; afin d'avoir une réverbération, par laquelle elle se manifeste, afin qu'elle aime quelque chose, et qu'elle en soit payée de retour de cette chose, afin qu'il y ait ainsi une inqualification sensible et un vouloir sensible.

*Explication des sept qualités de la Nature éternelle.*

38. La première qualité est le désir ardent qui ressemble à un aimant, c'est-à-dire la saisissabilité de la volonté, où la volonté veut être quelque chose; et où, cependant, il n'y a rien, pour en former quelque chose; alors elle s'inqualifie avec

une adoption de son soi-même, elle s'imprègne et se saisit en quelque chose, et pourtant cette chose n'est qu'une faim magnétique, une astringence qui ressemble à une dureté, et d'où s'originisent aussi la dureté, le froid et l'essence. Cette impregnation, ou cet attract, se fait ombre soi-même, s'obscurcit totalement, ce qui est aussi le principe des ténèbres éternelles et temporelles: de cette âcreté sont provenus, au commencement du monde, les sels, les pierres, les os, et tout ce qui leur ressemble.

39. La deuxième qualité de la nature éternelle naît de la première, elle est l'attract ou le mouvement de l'âcreté, car l'aimant endurcit, et le mouvement brise la dureté, et c'est un combat continuel en soi-même, car ce que le désir saisit et change en quelque chose, le mouvement le brise, et le réduit en forme. De ces deux qualités résulte la douleur aiguë, c'est-à-dire un aiguillon de la sensibilité: car s'il y a un mouvement dans l'âcreté, la qualité est douloureuse; et voilà la cause de toute sensibilité et de toute douleur; car s'il n'y avait ni âcreté, ni mouvement, il n'y aurait pas non plus de sensibilité.

40. Ce mouvement est aussi un principe de l'air du monde visible, qui se manifeste par le feu, comme nous l'expliquerons plus bas.

41. Nous concevons donc que le désir est le principe du moi-même, afin que de rien, il naisse quelque chose; il faut que nous considérions encore, que ce désir a été le commencement de ce monde, par lequel Dieu a réduit toutes choses

en essence, car il est le même désir, par lequel Dieu dit : *Qu'il soit :* il est *le soit,* qui a créé là, où il n'y avait qu'un esprit : il a rendu *le grand mystère,* qui est spirituel, visible et essentiel, comme on peut s'en convaincre par les étoiles, par les élémens et par les créatures.

42. La seconde qualité, c'est-à-dire le mouvement, a été, au commencement de ce monde, le *Séparateur* des puissances, par lequel le Créateur, c'est-à-dire, la volonté de Dieu, a réduit toutes choses, du *grand* mystère, en une forme, car elle est le verbe émané impulsif, par lequel le Dieu *surnaturel* a fait et réduit toutes choses en formes.

43. La troisième qualité de la nature éternelle est l'angoisse, c'est-à-dire le vouloir : ce vouloir s'est inqualifié avec l'adoption de la créature et du moi-même, la propre volonté étant dans la mobilité âcre, elle a de l'angoisse, c'est-à-dire de la sensibilité, car hors de la nature, elle ne peut pas être sensible ; mais elle devient sensible dans l'âcreté mobile, et cette sensibilité est la cause du feu, ainsi que de l'esprit et des sens, car la volonté propre, naturelle, devient par-là fugitive, et cherche du repos ; ainsi la divisibilité de la volonté procède de soi, et perce les qualités, d'où résulte le goût de l'âcreté, qu'une qualité goûte et sente l'autre ; elle est aussi le principe et la cause des sens, qu'une qualité pénètre et enflamme l'autre, afin que la volonté reconnaisse la cause de la souffrance ; car s'il n'y avait pas de sensibilité, la volonté ignorerait les qualités, elle serait unique, et de cette manière la volonté prend en

soi la nature, en sentant en soi le mouvement âcre.

44. Ce mouvement est en soi semblable à une roue tournoyante; mais il ne faut pas croire qu'il y ait une telle rotation, mais les qualités le présentent ainsi, car le désir attire en soi, et le mouvement sort de soi; la volonté ne peut donc, dans une telle angoisse, ni sortir de soi, ni rentrer en soi, elle demeure une forme, qui veut de soi et en soi, c'est-à-dire au-dessus de soi, et au-dessous de soi, et elle ne peut aller nulle part; mais elle est une angoisse. et le véritable fondement de l'enfer et de la colère de Dieu, car cette angoisse réside dans le mouvement ténébreux âcre.

45. De ce fondement est provenu, dans la création du monde, l'esprit de soufre, ainsi que la matière du genre sulfureux, lequel esprit de soufre est la vie naturelle des créatures terrestres et élémentaires.

46. Les sages payens, avaient, en quelque sorte, compris ce principe, car ils ont dit que le soufre, le mercure et le sel, constituaient toutes choses de ce monde: ils avaient par-là en vue, non-seulement la matière, mais aussi l'esprit, d'où la matière s'originise; car son principe ne consiste ni dans le sel, ni dans le mercure, ni dans le soufre, ils ne le croyaient pas, mais dans l'esprit de ces qualités, dont est composé tout ce qui vit, végète et existe dans ce monde, que cette chose soit spirituelle ou matérielle: car ils font, par le sel, allusion au désir âcre, magnétique de la nature; et par le mercure, au mouvement et

à la séparation de la nature, par lesquels chaque chose est marquée et formée: et par le soufre, ils entendent la vie sensible, désireuse et végétative; car l'esprit de soufre contient l'huile, dans laquelle brûle la vie ignée, et l'huile renferme la quintessence, c'est-à-dire le mercure sulfureux, la vraie vie de la nature, qui est une émanation du verbe de la puissance divine et du mouvement, où l'on comprend le fondement du ciel, et la quintessence contient la *teinture*, c'est-à-dire le principe paradisiaque, le verbe émané de la puissance divine, où les qualités sont en équilibre.

47. Nous comprenons donc par la troisième qualité de la nature, c'est-à-dire par l'angoisse, l'âcreté et la douleur, c'est-à-dire l'action de brûler et de consumer; car si la volonté est établie dans une telle âcreté, cette volonté cherche toujours à consumer la cause de cette âcreté, car elle tend continuellement vers l'unité de Dieu, c'est-à-dire vers le repos, et l'unité pénètre par son émanation jusqu'à ce désir, et jusqu'à cette âcreté, et elle est ainsi une réunion continuelle pour la manifestation de la volonté divine; si l'on le conçoit bien, et qu'on y veuille bien réfléchir, on trouvera toujours dans ces trois choses, savoir: dans le sel, dans le soufre et dans l'huile, quelque chose de céleste dans les choses terrestres; car l'âcreté renferme l'âme d'une chose, et le désir contient la vie véritable du genre sensuel, et l'huile de soufre renferme l'esprit puissant qui provient de la teinture. Ainsi il y a toujours quelque chose de céleste caché dans la chose ter-

restre, car le monde invisible spirituel s'est aussi insinué dans la création.

48. La quatrième qualité, ou forme de la nature éternelle, est le feu spirituel, où se manifeste la lumière, c'est-à-dire l'unité; car l'éclat du feu provient de l'unité émanée qui s'est aussi inqualifiée avec le désir naturel, et le tourment et l'enflammement du feu, c'est-à-dire la chaleur provient de la consommation âpre des trois premières qualités. Ce qui se fait ainsi.

49. L'unité éternelle que je nomme dans quelques-uns de mes ouvrages la liberté, est un calme doux et agréable, semblable à un sentiment tendre; on ne peut pas exprimer quelle douceur il y a, hors de la nature, dans l'unité de Dieu; les trois qualités de la nature sont âcres, douloureuses et terribles; et dans ces trois qualités douloureuses, réside la volonté émanée qui est provenue du verbe, ou du souffle divin, l'unité y est aussi renfermée. La volonté désire l'unité, et l'unité désire la sensibilité, c'est-à-dire le principe igné; ainsi l'un désire l'autre, et quand ce désir s'élève, il est comme une explosion ou comme un éclair, comme si l'on frottait de l'acier contre une pierre dure, ou qu'on versât de l'eau dans du feu, à parler symboliquement.

50. L'unité ressent dans ce regard la sensibilité, et la volonté reçoit la douce unité; de cette manière l'unité devient un éclat de feu, et le feu devient un enflammement d'amour, car il reçoit de la douce unité, l'essence et la puissance.

51. Dans cet enflammement, la lumière perce

les ténèbres de l'impression magnétique ou de la saisissabilité, en sorte qu'elles ne sont plus reconnues, quoiqu'elles restent éternellement en soi dans l'impression.

53. Et ici naissent deux commencemens éternels, c'est-à-dire, 1°. l'âcreté ténébreuse astringente, et la douleur qui demeurent en soi-même, et 2°. la puissance sensible de l'unité dans la lumière, dont l'Écriture dit : Dieu, c'est-à-dire, l'unité éternelle, demeure dans une lumière, de laquelle personne ne peut approcher, car ainsi se manifeste l'unité éternelle de Dieu par le feu spirituel dans la lumière, et cette même lumière est appellée Majesté; et Dieu, c'est-à-dire l'unité *surnaturelle*, y est la puissance. Car ce feu spirituel reçoit de l'unité son essence, pour qu'il luise; autrement le principe igné ne serait qu'une faim douloureuse, horrible et un désir aigu : comme il l'est aussi, quand la volonté se détache de l'unité, et veut vivre de son propre désir, comme les démons l'ont fait, et que l'âme fausse le fait encore.

53. Ainsi concevez ici deux principes, savoir : le premier dans le fondement de l'enflammement du feu, c'est-à-dire dans les ténèbres âcres, mobiles, sensibles, et douloureuses en elles-mêmes : et le deuxième principe dans la lumière du feu, où l'unité se met en mouvement et en allégresse.

54. Car le feu est une réverbération du grand amour de l'unité de Dieu : car l'allégresse éternelle devient ainsi sensible, et cette sensibilité de l'unité s'appelle amour, c'est-à-dire un enflammement ou

une vie de l'unité de Dieu, et Dieu s'appelle selon un tel enflammement, Dieu bon et miséricordieux, car l'unité de Dieu aime ou pénètre la volonté douloureuse du feu, qui d'abord est provenue du souffle du Verbe ou de l'effluve de l'allégresse divine, et la change en la grande allégresse, et cette volonté ignée de la nature éternelle, renferme l'âme des hommes, et aussi les anges; voilà le principe et le centre.

55. C'est pourquoi, quand une âme se détache de la lumière et de l'amour de Dieu, et qu'elle s'inqualifie avec un désir propre, naturel, il se manifeste en elle le principe de ces ténèbres et de ce tourment douloureux, et quand la colère de Dieu se manifeste, c'est alors le feu infernal, comme Lucifer nous en fournit un exemple: et tout ce qu'il est possible de penser être par tout dans la créature, se trouve aussi par tout hors de la créature, car la créature n'est qu'une image ou une figure de la puissance *divisible* de tout l'être.

56. Ainsi concevez bien quel est le principe du feu, savoir: le froid de l'impression, et la chaleur de l'angoisse, et le mouvement est le Vulcain. Dans ces trois réside le feu; mais l'éclat de la lumière provient de l'assemblage de l'unité dans le principe igné, et tout le principe n'est pourtant que la volonté prononcée.

57. C'est pourquoi la vie de toutes choses réside dans le feu et dans la lumière, c'est-à-dire dans la même volonté, que ce soit dans les choses végétatives ou animées, n'importe, le tout selon que le feu a un principe soit éternel comme l'âme,

soit temporel, comme l'âme astrale, élémentaire, car le feu éternel est un tout autre feu que le feu temporel, comme nous le prouverons dans la suite.

58. La cinquième qualité est donc le feu d'amour, ou sa puissance et le monde de la lumière, qui demeure en soi-même dans les ténèbres, et les ténèbres ne la comprennent pas, comme dit *Saint Jean ;* la lumière luit dans les ténèbres, et les ténèbres ne l'ont point comprise. Ou, le verbe est dans la lumière, et le verbe contient la vraie vie raisonnable de l'homme, c'est-à-dire le vrai esprit.

59. Mais ce feu est l'âme véritable de l'homme ; c'est-à-dire le vrai esprit que Dieu souffla dans l'homme pour une vie créaturelle : ainsi comprenez par le feu spirituel de la volonté, l'âme véritable, désireuse du principe éternel, et par la puissance de la lumière, le vrai esprit raisonnable, dans lequel l'unité de Dieu réside et est manifeste, comme Jésus-Christ dit : « le royaume de Dieu est au dedans de vous, » (*Saint Luc*, 17.) Et *Saint Paul* dit : vous êtes les temples du Saint-Esprit qui demeure en vous.

60. Voilà le lieu de la demeure et de la manifestation divines, et de cette manière, l'âme peut être damnée, si la volonté ignée se détache de l'amour et de l'unité de Dieu, et qu'elle s'inqualifie avec sa propriété naturelle, c'est-à-dire avec ses mauvaises qualités. *Reconnais ce principe, Sion*, et tu seras délivrée de Babel.

61. Par cette cinquième qualité, on comprend le deuxième principe, c'est-à-dire le monde angé-

lique ou les trônes, car il est le mouvement de l'unité, où toutes les qualités de la nature ignée sont enflammées dans l'amour.

62. On trouve une comparaison de ce principe dans un cierge: un cierge contient tout pêle-mêle; et aucune qualité n'est manifeste à l'autre, jusqu'à ce que ce cierge soit allumé, alors on apperçoit un feu, une huile, une lumière, un air, et une eau de l'air : tous les quatre élémens, qui auparavant étaient cachés dans un principe unique, s'y manifestent.

63. Il faut de même méditer le principe éternel, car l'être temporel est émané de l'être éternel, c'est pourquoi chacun a la même qualité, excepté que l'un est éternel, et l'autre périssable, que l'un est spirituel, et l'autre terrestre.

64. Quand le feu et la lumière spirituels sont enflammés, comme ils le sont d'éternité, ils s'y manifeste toujours, et à jamais, le grand mystère de la puissance et de la science divines; car toutes les qualités de la nature éternelle deviennent spirituelles, cependant la nature reste au dedans de soi telle qu'elle est, mais l'effluve de la volonté devient spirituel, car l'explosion ou l'éclair du feu absorbe l'adoption ténébreuse, et il sort de cette absorption un esprit igné pénétré de l'éclat lumineux, et comprenez par cet effluve trois différentes qualités, savoir: la volonté ignée se porte au dessus de soi, et en avant de soi, c'est-à-dire il sort du milieu, comme d'un centre de l'esprit igné de la volonté, l'esprit oléagineux, c'est-à-dire l'être de l'unité de Dieu, qui

par le désir de la nature s'est inqualifié avec une essence; et du dessous, c'est-à-dire de l'affaissement résulte l'esprit aqueux, c'est-à-dire la douceur, et le tout n'étant cependant qu'esprit et puissance, mais il en est ainsi de la figure de la manifestation, car il ne se fait pas de séparation.

65. Cette triple manifestation se fait selon la Trinité, car le centre où elle est, est le Dieu unique selon sa manifestation: au dessus de soi se porte l'esprit flamboyant de l'amour, et au dessous de soi se porte la douceur de l'amour, et au milieu est le centre, comme la circonférence, c'est-à-dire le Père, ou tout le Dieu selon sa manifestation; et de même qu'on peut s'en convaincre par la manifestation divine, de même aussi on peut le reconnaître de la nature éternelle, selon la propriété de la nature, car la nature n'est qu'une réflection de la Divinité.

66. Il faut donc que nous connaissions encore la nature. Le coup d'œil de l'origine première du feu est une explosion, un principe salnitrique, où la nature se divise en une infinité de parties, c'est-à-dire en une quantité de puissances d'où sont aussi provenus les anges et les esprits, ainsi que les couleurs, les vertus et les quatre élémens au commencement du temps; car le tempérament du feu et de la lumière est l'élément saint, c'est-à-dire le mouvement de la lumière de l'unité; mais de ce principe spirituel, ( qui est spirituel et non pas terrestre) proviennent les quatre élémens, de même que de l'impression du *mercure* igné, la terre et les pierres proviennent; et de la

cinquième essence du *mercure* igné, le feu et le ciel, et du mouvement ou de l'effluve, l'air, et du brisement du désir par le feu, l'eau.

67. Le *mercure* igné est une eau sèche, lequel *mercure* a produit les métaux et les pierres: mais le mercure brisé par la mort du feu a produit l'eau, et l'impression a causé la grande dureté de la terre, qui est un mercure grossier, salnitrique, saturnin. Par le mot *mercure*, il faut toujours entendre, dans l'esprit, le Verbe émané naturel, virtuel de Dieu, qui a été le séparateur et le modeleur de toutes choses; et par le mot *Saturne*, il faut comprendre l'impression.

68. Dans la cinquième qualité, c'est-à-dire dans la lumière, l'unité éternelle est essentielle, c'est-à-dire un feu saint, spirituel, une lumière sainte, un air saint qui n'est qu'un esprit. Une eau sainte qui est l'amour émanant de l'unité de Dieu: une terre sainte qui n'est qu'une puissance et une virtualité. Cette cinquième qualité est le vrai monde spirituel angélique de l'allégresse divine, et ce monde spirituel est caché dans ce monde visible.

69. La sixième qualité de la nature éternelle est le son, le ton, ou l'intelligence, car toutes les qualités deviennent manifestes dans l'éclair du feu: le feu est la bouche de l'essence, la lumière est l'esprit, et le son est l'intelligence, où toutes les qualités s'entendent l'une l'autre.

70. Selon la manifestation de la Trinité sainte, avec l'émanation de l'unité, ce son ou ce ton est le Verbe divin virtuel, c'est-à-dire l'intelligence de la nature éternelle, par laquelle intelligence, la

science surnaturelle se manifeste, et selon la nature et la créature, l'intelligence est la connaissance de Dieu, où la raison naturelle reconnait Dieu. Car la raison naturelle est un réfléchissement et une émanation de l'intelligence divine.

71. La raison naturelle renferme les cinq sens d'une manière spirituelle : et l'autre qualité, c'est-à-dire le mouvement, le mercure igné les renferme d'une manière naturelle. La sixième qualité produit l'intelligence du son, c'est-à-dire le parler du verbe, et l'autre qualité est le conducteur, c'est-à-dire l'habitacle ou l'instrument du parler ou du son.

72. La puissance est douloureuse dans l'autre qualité, et elle est le royaume des délices dans la sixième qualité, il n'y a cependant pas d'autre différence entre la seconde et la sixième qualité, que celle de la lumière aux ténèbres, et elles sont l'une dans l'autre, comme le feu et la lumière, et elles ne diffèrent entr'elles qu'en cela.

73. La septième qualité est l'essence, c'est-à-dire un sujet ou habitation des six autres qualités, où elles sont toutes essentielles, comme l'âme avec le corps ; et il faut principalement comprendre par là, selon le monde lumineux, le paradis ou la vie productive de la puissance inqualifiante, car chaque qualité se fait un sujet ou un réfléchissement de sa propre émanation, et dans la septième qualité toutes les qualités sont dans le tempérament, c'est-à-dire dans une essence unique; et de même qu'elles sont toutes émanées de l'unité, de même aussi elles rentrent toutes dans un prin-

cipe unique, et quoiqu'elles opèrent de différentes manières et dans différentes qualités, néanmoins il n'y a ici qu'une essence unique, dont la vertu s'appelle *teinture*, c'est-à-dire essence sainte pénétrante.

74. Ne croyez pas que la septième qualité soit la *teinture*, elle n'en est que le corps: la vertu du feu et de la lumière est la *teinture* avec le corps essentiel; mais la septième qualité est l'essence qui pénètre et sanctifie la teinture, c'est pourquoi le paradis, c'est-à-dire la vie productive spirituelle est dans la septième qualité; concevez qu'il en est ainsi selon la puissance de la manifestation divine, mais selon la qualité de la nature c'est une essence du désir attiré de toutes les qualités.

75. Il faut surtout remarquer qu'on prend toujours la première et la septième qualités pour une, la seconde et la sixième pour une, ainsi que la troisième et la cinquième pour une, la quatrième seule est le point de séparation, car il n'y a que trois qualités de la nature, selon la manifestation de la Trinité de Dieu.

76. Savoir: la première est le désir qui est attribué à Dieu le Père, et il n'est qu'un esprit; mais dans la septième qualité le désir est essentiel.

77. La deuxième qualité est attribuée à Dieu le Fils, c'est-à-dire la puissance divine qui n'est qu'un esprit dans le deuxième nombre; mais elle est la puissance intelligible dans la sixième qualité.

78. La troisième qualité est attribuée à Dieu le Saint-Esprit, selon sa manifestation, et il n'est au commencement de la troisième qualité qu'un es-

prit igné, mais le grand amour est manifeste dans la cinquième qualité.

79. Ainsi l'effluve de la manifestation divine est, selon les trois qualités, dans le premier principe, avant la lumière naturelle, et dans le deuxième principe, dans la lumière, il est spirituel.

80. Voilà donc les sept qualités dans un principe unique, qui toutes les sept sont éternelles et sans commencement, et aucune d'elles ne peut être prise pour la première, seconde, troisième, quatrième, cinquième, sixième et dernière, car elles sont toutes également éternelles et sans commencement de l'unité de Dieu: il faut seulement le rendre intelligible à l'esprit, comment une qualité procède de l'autre, ce qu'est le créateur, et afin qu'on puisse méditer la vie et l'essence du monde visible.

*Du troisième Principe, c'est-à-dire du Monde visible, d'où il est provenu, et ce qu'est la Création.*

81. Ce monde visible est provenu du monde spirituel ci-dessus mentionné, c'est-à-dire de la puissance émanée de Dieu, il est un objet ou un réfléchissement du monde spirituel: le monde spirituel est le premier principe interne du monde visible, le monde visible est dans le monde spirituel.

82. Ce monde spirituel n'est qu'une effluve des sept qualités, car il est provenu des sept qualités virtuelles, et il est dans la septième qualité

il est dans la septième qualité dans le repos, c'est-à-dire dans le paradis ; ce repos est le Sabbat éternel, où repose la virtualité de la puissance divine.

83. Moïse dit, que Dieu a créé en six jours le ciel, la terre et toutes les créatures, qu'il s'est reposé le septième jour, et qu'il a commandé de se reposer ce jour-là. Ces paroles renferment un sens mystérieux : il eût bien pu faire en un jour l'ouvrage des six jours : mais peut-on parler de jour, avant que le soleil fût ; car dans la profondeur il n'y a qu'un jour unique, mais le sens est contenu dans les paroles.

84. Moïse entend par l'ouvrage des six jours la création ou la manifestation des sept qualités, car il dit : *Au commencement Dieu créa le ciel et la terre.* Le désir magnétique a, par le premier mouvement, impregné et coagulé le *Mercure* igné et aqueux, ainsi que toutes les autres qualités : la partie grossière s'est séparée de la nature spirituelle, et la matière ignée s'est changée en métaux et en pierres ; une autre partie en *Salniter*, c'est-à-dire en terre, et la partie aqueuse en eau : de cette manière le mercure igné de l'opération est devenu plus limpide, Moïse l'appelle le ciel, car l'Écriture dit : Dieu demeure dans le ciel, car ce mercure igné est la force du firmament, c'est-à-dire une réflexion du monde spirituel où Dieu est manifeste.

85. Cela étant fait, Dieu dit : *Que la lumière soit, et la lumière fut.* Là est devenue manifeste la lumière interne par le ciel igné, ce qui produisit dans le mercure igné une faculté de l'éclat, et cela

était la lumière de la nature externe dans les qualités où réside la vie végétative.

86. Le deuxième jour Dieu a séparé le mercure aqueux du mercure igné, et il a nommé le mercure igné le firmament du ciel, lequel firmament se fit par le moyen de l'eau, c'est-à-dire du mercure. De là est provenue l'espèce mâle et l'espèce femelle, c'est-à-dire du mercure igné, l'espèce mâle, et du mercure aqueux, l'espèce femelle.

87. Cette séparation s'est faite partout et en tout, et cela afin que le mercure igné désirât de nouveau avec ardeur le mercure aqueux, et que le mercure aqueux désirât le mercure igné, pour qu'il y eût entr'eux un désir d'amour dans la lumière de la nature, d'où est provenue la conjonction: c'est ainsi que le mercure igné, c'est-à-dire le Verbe émané selon l'espèce ignée et aqueuse de la lumière s'est séparé, et c'est de là que s'originisent l'espèce mâle et l'espèce femelle de toutes choses, tant vivantes que végétatives.

88. Le troisième jour de la création, le mercure igné et aqueux est rentré dans la conjonction ou dans la copulation, et ils se sont conçus, où le *Salniter*, c'est-à-dire la séparation de la terre, a produit les plantes, l'herbe et les arbres, et où s'est fait le premier engendrement entre l'espèce mâle et l'espèce femelle.

89. Le quatrième jour, le mercure igné a produit ses fruits, c'est-à-dire la cinquième essence, une vertu plus sublime de la vie ( tels que les quatre élémens ) qui est cependant dans les élémens: de cette vertu ont été faites les étoiles: car

de même que l'impression du désir a réduit la terre en une masse, laquelle impression rentre en soi, de même aussi le mercure igné a été exaltant par l'impression, c'est pourquoi il a renfermé le lieu de ce monde par la constellation.

90. Par l'ouvrage du cinquième jour s'est manifesté l'esprit du monde, c'est-à-dire l'âme du grand monde; dans la cinquième essence, comprenez la vie du mercure igné et aqueux; où Dieu a créé tous les animaux, les poissons, les oiseaux, les reptiles, chacun de sa qualité du mercure divisé.

91. On voit par là, comment les principes éternels se sont mus, selon le mal et selon le bien, selon toutes les sept qualités, selon leur émanation et selon leur conjonction; car là ont été créées des créatures mauvaises et bonnes, c'est-à-dire selon que le mercure, le séparateur, s'est formé en un être, comme on peut le voir aux créatures bonnes et mauvaises: et toute vie est cependant issue de la lumière de la nature, c'est-à-dire de l'amour de la nature, c'est pourquoi toutes les créatures s'aiment selon leurs qualités de cet amour émané.

92. Le sixième jour Dieu a fait l'homme, car le sixième jour s'est manifesté l'esprit de la vie du mercure igné, c'est-à-dire du fond interne, lequel homme Dieu créa à sa ressemblance, de tous les trois principes, en une image, et il lui inspira le mercure intelligent igné, selon le principe interne et externe, c'est-à-dire selon l'éternité et selon le temps, pour une âme vivante raisonnable; et dans ce principe animique planait la

manifestation de la sainteté divine, c'est-à-dire le verbe vivant émanant de Dieu avec l'idée éternellement reconnue, qui avait été reconnue dès l'éternité dans la sagesse divine, comme un sujet ou comme une forme de l'imagination divine.

93. Celle-ci fut revêtue de l'essence du monde céleste, elle devenait un esprit intelligent et un temple de Dieu, une image de la contemplation divine, lequel esprit fut donné à l'âme pour époux; de même que le feu et la lumière sont des conjoints, de même aussi il faut l'entendre ici. Ce même principe divin pénétrait et poussait au travers de l'âme et du corps, et cela fut le paradis véritable de l'homme, qu'il perdit par la prévarication, lorsque le principe du monde ténébreux et le désir faux eurent le dessus en lui.

94. Moïse dit, que Dieu s'est reposé le septième jour de tous les ouvrages qu'il avait faits. Or Dieu n'a pas besoin de repos, car il a opéré dès l'éternité, et il n'est qu'une puissance agissante, c'est pourquoi l'esprit est caché dans les mots; car Moïse dit, que Dieu avait ordonné de se reposer le septième jour. Le septième jour fut le vrai paradis (spirituel,) c'est-à-dire la teinture de la puissance divine, qui est un tempérament, qui a pénétré dans toutes les qualités, et qui a opéré dans la septième, dans l'essence de toutes les qualités.

95. La teinture a pénétré la terre et tous les élémens, et elle a teint toutes choses; là fut le paradis sur la terre, et dans l'homme; car le désir était caché, de même que la nuit est cachée dans le jour: de même aussi était cachée la qualité colérique de

la nature dans le premier principe, jusqu'à la chute de l'homme, où l'inqualification divine de la teinture se retira dans son propre principe, c'est-à-dire dans le fond interne du monde lumineux, car la colère s'exalta et obtint le dessus, et voilà pourquoi Dieu a maudit la terre, car sa malédiction est une retraite réelle, comme si la puissance de Dieu agissait dans une chose par la la vie et par l'esprit de la chose, et qu'il se retirât ensuite de cette chose par son action ; cette chose est alors maudite, car elle opère dans sa propre volonté, et non pas dans la volonté de Dieu.

*De l'Esprit du monde et des Élémens.*

96. Nous pouvons fort bien contempler le monde invisible spirituel par le monde visible terrestre; car nous voyons que la profondeur du monde produit continuellement du feu, de l'air et de l'eau, et qu'il n'y a ni repos ni discontinuation de ces productions, et qu'il en a toujours été de même du commencement de ce monde; mais il nous est impossible d'en trouver une cause dans ce monde externe, car la raison dit : Dieu l'a voulu ainsi, et elle en reste là : ce qui est vrai, en effet; mais elle ne connaît pas le créateur, qui ne cesse de créer, comme l'archée véritable ou le séparateur, ce qui est un effluve du monde invisible, c'est-à-dire le verbe émané de Dieu, que je nomme le mercure igné.

97. Car ce que le monde invisible est dans une inqualification spirituelle, où la lumière et les ténèbres sont ensemble, le monde visible l'est dans

une inqualification substantielle : les puissances qu'il faut comprendre dans le monde interne spirituel du Verbe émané, il faut aussi les comprendre dans le monde visible, dans les astres et dans les élémens, mais dans un autre principe aussi d'un caractère saint.

98. Les quatre élémens proviennent de l'archée du principe interne, c'est-à-dire des quatre qualités de la nature éternelle, et ils ont été ainsi exhalés au commencement de ce temps par le principe interne, et établis dans une essence et dans une vie propres virtuelles, c'est pourquoi le monde externe s'appelle un principe, c'est-à-dire un sujet du monde interne, un instrument du maître interne spirituel, lequel maître est le Verbe et la puissance de Dieu.

99. Et de même que le monde interne spirituel a en soi une vie intelligente de l'effluve de la science divine, où sont compris les anges et les ames : de même aussi le monde externe a en soi une vie intelligente, laquelle vie est dans les puissances émanées du monde interne, et cette vie externe ne peut pas porter son esprit au-delà du point où elle est établie, c'est-à-dire dans la constellation et dans les étoiles.

100. L'esprit du monde est caché dans les quatre élémens, comme l'ame est cachée dans le corps, et cet esprit n'est qu'un effluve et une vertu efficace du soleil et de la constellation, sa demeure où il inqualifie ; il est spirituellement entouré des quatre élémens : l'habitacle spirituel est d'abord une vertu magnétique de l'effluve du monde in-

terne, de la première qualité de la nature éternelle, et ceci est le principe de tous les sels et de toutes les vertus, ainsi que de toute formation et de toute substance.

101. Il est encore l'effluve du monde interne, qui est émané de la deuxième forme de la nature éternelle, et il est de l'espèce ignée, c'est-à-dire une source d'eau sèche, où l'on comprend le principe de tous les métaux et de toutes les pierres, car elles en ont été créées. J'appelle ce principe, le principe igné de l'esprit du monde, car il est le principe de toutes choses, un séparateur des puissances, un modeleur de la forme, un principe de la vie extérieure, selon le mouvement et selon la sensibilité.

102. Le troisième principe est la sensibilité du mouvement et de l'âcreté, c'est-à-dire un tourment spirituel de soufre du principe de la volonté angoisseuse du principe interne, d'où proviennent l'esprit et les cinq sens, savoir : la vue, l'ouïe, le tact, le goût et l'odorat, c'est-à-dire la vraie vie essentielle, d'où se manifeste le feu, c'est-à-dire la quatrième forme.

103. Les anciens sages ont appelé ces trois qualités le mercure, le soufre et le sel, selon leurs matières, qui en sont engendrées dans les quatre élémens, un tel esprit se coagulant ou se rendant substantiel. Ce principe renferme aussi les quatre élémens, ils n'en sont pas non plus distincts, ou une chose particulière; ils ne sont que la manifestation de ce principe spirituel, c'est-à-dire ils sont une habitacle de l'esprit, où l'esprit opère.

104. La terre est l'émanation la plus grossière de cet esprit subtil : après la terre c'est l'eau, après l'eau l'air, après l'air le feu ; tous ces élémens proviennent d'un principe unique, c'est-à-dire de l'esprit du monde, qui prend sa racine dans le monde interne.

105. Or la raison dira : pourquoi Dieu a-t-il fait une telle manifestation ? C'est parce que le monde spirituel s'est inqualifié par là avec une forme visible figurée ; afin que les puissances internes fussent figurées et visibles. Et pour le faire, il fallait que l'être spirituel s'inqualifiât avec un principe matériel, pour pouvoir se rendre sensible ; et il fallait une telle séparation, afin que cette séparation désirât toujours son premier principe, c'est-à-dire que l'interne désirât l'externe, et l'externe l'interne.

106. Il en est de même des quatre élémens, qui, intérieurement, ne sont qu'un principe unique, où il faut que chacun désire l'autre, et cherche le principe interne dans l'autre, et l'élément interne est distinct en eux, et les quatre élémens ne sont que des qualités de l'élément partagé, c'est pourquoi il y a une grande inquiétude et un grand désir entr'eux, et ils veulent toujours rentrer dans le principe unique, c'est-à-dire dans l'élément unique, où ils ont du repos, car l'Ecriture dit : toutes les créatures désirent et se tourmentent à côté de nous pour être délivrées de la vanité, à laquelle elles sont sujettes malgré elles.

107. Dans cette inquiétude et dans ce désir se

forme la vertu émanée divine par l'opération de la nature, pour la gloire et la contemplation éternelle des anges, des hommes et de toutes les créatures ; car toutes choses de ce monde portent une empreinte de la vertu divine.

108. Le monde interne spirituel est empreint sur toutes choses de ce monde, tant selon la qualité colérique du principe interne, que selon la qualité bonne, et que cependant le fond intérieur de la plante la plus venimeuse renferme souvent la vertu la plus efficace du monde interne.

109. Mais la chose qui renferme une vie ténébreuse, c'est-à-dire une huile ténébreuse, est nuisible, car elle est une base de la qualité colérique, c'est-à-dire un venin dangereux ; mais où la vie est dans le venin, et a un éclat brillant dans l'huile, c'est-à-dire dans la quintessence, là le ciel est manifeste dans les enfers, et là est cachée la grande vertu ; à bon entendeur, salut.

110. Tout le monde spirituel n'est qu'un principe spermatique inqualifiant, chaque être désire l'autre, le supérieur l'inférieur, et l'inférieur le supérieur, car ils sont séparés l'un de l'autre, et dans cette faim ils se conçoivent l'un l'autre dans le désir, nous voyons par la terre combien elle est affamée de la constellation et de l'esprit du monde, c'est-à-dire de l'esprit d'où elle provient dès le commencement, que cette faim ne lui laisse pas de repos, et cette faim de la terre est une consommation des corps, afin que l'esprit soit de nouveau séparé de la matière grossière élémentaire, et rentre dans l'archée.

111. Nous trouvons encore dans cette faim l'impregnation de l'archée, c'est-à-dire du séparateur, comment l'archée inférieur de la terre attire en soi l'archée supérieur subtil de la constellation au-dessus de la terre, où ensuite ce principe saisi de l'archée supérieur aspire de nouveau à son principe, et pénétre jusqu'à l'archée supérieur, et cette pénétration produit la croïssance des métaux, des plantes et des arbres.

112. Car l'archée de la terre devient par là si joyeux, qu'il goûte et sent de nouveau en soi son premier principe, et cette joie cause la croissance de toutes choses tant végétatives qu'animées, c'est comme une conjonction continuelle du ciel et de la terre, où la puissance divine coopère, comme on le voit par la teinture des êtres croissans, c'est-à-dire par leur principe interne.

113. C'est pourquoi il faut que l'homme, comme une noble image, qui a son principe dans le tems et dans l'éternité, s'examine bien, qu'il n'agisse pas aveuglément, et qu'il ne cherche pas sa patrie éternelle loin de lui : elle est en lui, mais couverte par le combat de la grossièreté des élémens ; le combat des élémens ayant cessé par la mort de la partie grossière du corps, l'homme spirituel se manifestera, qu'il soit né dans la lumière ou dans les ténébres, n'importe : la puissance qui prédominera en lui, le dominera éternellement, soit dans le principe de la colère de Dieu, soit dans le principe de l'amour de Dieu.

114. Car l'homme externe visible actuel n'est pas l'image véritable de Dieu, il n'est qu'une

image de l'archée, c'est-à-dire une enveloppe de l'homme spirituel, dans laquelle il croît, comme l'or dans une pierre dure, ou comme une plante pousse de la terre inculte, car l'Ecriture en parle aussi, en disant : Si nous avons un corps naturel, nous avons aussi un corps spirituel : tel corps naturel, tel corps spirituel, mais le corps externe grossier composé de quatre élémens n'héritera pas du royaume de Dieu, mais le corps né de l'élément unique, c'est-à-dire de la manifestation et de la vertu divines, non pas celui qui est né de la chair ou de la volonté de l'homme, mais celui qui est né, dans ce corps grossier, de l'archée céleste, auquel ce corps grossier sert d'habitacle et d'instrument. Mais lorsque l'enveloppe se brisera, alors nous saurons pourquoi nous portons tous le nom d'hommes, quoiqu'une partie ait à peine été des animaux, et pire que des animaux.

115. Il faut donc bien méditer l'esprit du monde externe, c'est-à-dire qu'il n'est qu'un habitacle et un instrument du monde interne spirituel, qui y est caché, et qui opère par le monde externe, et qui s'inqualifie ainsi avec des formes.

116. De cette manière l'esprit de l'homme n'est aussi qu'un habitacle de la vraie intelligence, de la science divine, et il ne faut se fier ni à son esprit, ni à sa sagacité; notre raison n'est que la constellation externe selon notre constellation, elle nous égare au lieu de nous ramener à l'unité de Dieu.

117. Il faut que l'esprit s'abandonne à Dieu, afin que l'archée interne se manifeste; c'est lui

qui produira et enfantera un fondement véritable spirituel conforme à Dieu, où est manifeste l'esprit de Dieu, et qui ramènera l'esprit à Dieu; alors cet esprit scrutera dans ce fondement toutes choses, même la profondeur de Dieu, dit Saint-Paul.

J'ai cru le devoir développer un peu, afin que le lecteur puisse y refléchir.

*Explication ou formule abrégée de la manifestation divine.*

118. Dieu est l'unité éternelle, infinie, insaisissable, il se manifeste en soi-même d'éternité, en éternité par la Trinité, il est Père, Fils et Saint-Esprit en trois qualités différentes.

119. Le premier effluve et la première manifestation de cette Trinité est le verbe éternel, ou le parler de la puissance divine : la première essence prononcée de la puissance est la sagesse divine, c'est-à-dire, un être dans lequel la puissance opère.

120. De la sagesse découle la puissance de l'expiration, et passe dans la variété et dans la formation, où la puissance divine est manifeste dans sa vertu.

121. Ces mêmes puissances variées s'inqualifient avec l'adoption de leur sensibilité propre; et de la sensibilité proviennent la propre volonté et le désir.

122. Cette propre volonté est le principe de la nature éternelle, qui s'inqualifie par le désir avec les qualités jusqu'au feu.

123. Dans le désir s'originisent les ténèbres, dans le feu se manifeste l'unité éternelle par la lumière de la nature ignée.

124. De cette nature ignée et lumineuse sont provenus les anges et les ames, comme une manifestation divine.

125. La puissance du feu et de la lumière se nomme *teinture*, et le mouvement de cette puissance s'appelle l'élément saint ou pur.

126. Les ténèbres deviennent essentielles en soi-même, et la lumière devient aussi essentielle dans le désir igné, ces deux feux sont deux principes : c'est-à-dire dans les ténèbres est la colère de Dieu, et dans la lumière est l'amour de Dieu, chacun agit en soi-même, et il n'y a d'autre différence que celle du jour à la nuit, et tous les deux ne sont cependant qu'un principe unique, et chacun est une cause de l'autre, afin que l'autre soit manifeste et reconnu en lui, de même que la lumière se manifeste par le feu.

127. Le monde visible est le troisième principe, c'est-à-dire le troisième fond et le commencement, ce monde a été exhalé du principe interne, c'est-à-dire des deux premiers principes, et il a été réduit en une forme et en une qualité.

128. La vertu interne éternelle est cachée dans le monde visible, elle est en tout et partout, et pourtant le tout ne peut pas la saisir de son propre pouvoir : les forces externes ne sont que passives, ou l'habitacle : toutes les créatures en général ont été créées de la substance du monde externe ; mais l'homme a été créé du temps et de l'éternité, de

l'être de tous les êtres en une image de la manifestation divine.

129. La manifestation éternelle de la lumière divine s'appelle le royaume des cieux, la demeure des anges et des ames saintes. Les ténèbres ignées s'appellent l'enfer et la colère de Dieu, où demeurent les démons et les ames damnées.

Au lieu de ce monde est présent partout le ciel et les enfers, mais selon le principe interne.

130. Dans les enfans de Dieu l'efficace de Dieu est manifeste intérieurement, et dans les impies l'efficace des ténèbres douloureuses.

131. Le lieu du paradis éternel est caché dans ce monde dans le principe interne, et manifeste dans l'homme interne, où la puissance de Dieu opère en lui.

132. De ce monde ne périront que les quatre élémens, la constellation et les créatures terrestres, c'est-à-dire cette vie externe grossière de toutes choses: la puissance interne de tous les êtres subsistera éternellement.

*Explication de quelques mots.*

133. La *Turba magna* est la qualité colérique excitée et réveillée du principe interne, où le fondement infernal se manifeste dans l'esprit du monde, d'où proviennent de grandes tribulations et des maladies: elle est aussi la qualité colérique excitée de la nature externe, comme on le voit au frémissement des grands orages où le feu se manifeste dans l'eau; c'est une effusion de la colère de Dieu dont la nature est *tourbée* ( troublée. )

134. Le *ternaire saint* est la puissance interne céleste inqualifiante de l'essence, où la Trinité de Dieu inqualifie : je conçois par là une puissance essentielle.

### *Sul et Phur.*

135. *Sul* est l'unité émanée, c'est-à-dire l'essence où la lumière éternelle inqualifie, selon l'éternité d'une manière divine; et le soufre externe métallique renferme l'huile où la lumière s'enflamme.

136. *Phur* est l'essence du feu, c'est-à-dire, la nature de l'angoisse de la qualité colérique.

### *Les sept formes ou esprits dont parle l'Apocalypse:* 1.

| | | | | |
|---|---|---|---|---|
| ♄. ☾ | 1re. | FORME. | Astringence, désir, volonté. | Monde ténébreux, comparaison d'un cierge. |
| ♀. ♃. | 2e. | | Amertume, ou aiguillon. | |
| ♁. ♀. | 3e. | | Angoisse, passe à l'explosion du feu. | |
| ☉. ♂. | 4e. | | Feu { ténébreux. lumineux. | Monde ténébreux, comparaison d'un cierge allumé. |
| ♀. ♁. | 5e. | | Lumière ou amour, d'où découle l'eau de la vie éternelle. | Monde lumineux, comparaison d'une lumière de cierge. |
| ♃. ☿. | 6e. | | Son, ton, mercure. | |
| ☾ ♄. | 7e. | | Essence ou nature. | |

### *Explication du Schema.*

137. Le mot ADONAI signifie la manifestation ou le mouvement propre de l'unité insondable

éternelle, ce qu'est en soi-même l'engendrement éternel, la manifestation et l'émanation.

L'A est un triple I, qui se saisit en soi en croix, c'est-à-dire en un commencement, en une entrée et en une sortie. Le D est le mouvement du triple I, c'est-à-dire ce qui se manifeste. L'O est la circonférence du triple I, c'est-à-dire l'engendrement du lieu de Dieu en soi-même. L'N est le triple esprit qui procède de la circonférence, de soi-même comme une triple vie. L'A inférieur est la réverbération ou l'inqualification du triple I, ou de l'esprit d'où s'originisent le mouvement, la puissance, les couleurs et les vertus. L'I est l'effluve essentiel de la triple vie, où la Trinité découle de l'unité, et l'on comprend dans tout ce mot la vie éternelle de l'unité de Dieu.

138. Le mot (*père*) est le commencement unique de l'inqualification et du vouloir dans le triple I de l'unité.

139. Le mot (*fils*) est le produit de la puissance, c'est-à-dire la saisissabilité de la volonté, où le triple esprit s'enferme comme dans un lieu du moi-même divin.

140. Le mot (*esprit*) est le mouvement vivant procédant de la puissance saisie dans la similitude, comme on pourrait se le rendre intelligible par une fleur. L'ouverture ou la croissance inqualifiante est le commencement: la puissance de l'inqualification est la circonférence, et la circonscription corporelle de la croissance: et l'odeur qui émane de la puissance, est le mouvement ou la vie végétative procédante ignée de la puissance

ignée, d'où résulte la fleur, ce qui nous fournit une comparaison, comment l'engendrement de la puissance divine se représente.

141. Le mot (*puissance*) marque la vie respirante, procédante, raisonnable, c'est-à-dire le principe et la source de la science émanante de la diversité.

142. Le mot (*couleurs*) signifie le sujet ou le réfléchissement de la puissance, où l'on comprend la diversité et l'origine de la vie sensible de la connaissance, d'où s'originise une contemplation éternelle.

143. Le mot (*volonté*) dénote le vouloir ou le mouvement de l'unité ouvrante, par lequel l'unité elle-même se veut en Trinité, c'est-à-dire le rien en son propre quelque chose, où il a une proposition et un vouloir.

144. Le mot (*allégresse*) indique la sensibilité effective de la volonté ou du vouloir, c'est-à-dire le principe suprême, l'amour primitif; où la volonté de l'abîme se sent dans son quelque chose, où il s'insinue au quelque chose, c'est-à-dire à son sentiment, et où, dans la sensibilité, il inqualifie et veut dans son propre goût.

145. Le mot (*science*) marque la science et l'intelligence effectives et sensibles dans le goût d'amour, une racine des cinq sens, et un principe de la vie éternelle, d'où jaillit l'intelligence, et où se fonde l'unité éternelle.

146. Le mot (*verbe*) signifie, comment l'amour éternel de l'unité sensible se prononce, par la science, en un réfléchissement; le verbe est le par-

ler ou le souffle de la volonté, de la puissance par l'intelligence. Il est le mouvement et la formation de la puissance éternelle en une quantité infinie, c'est-à-dire le créateur de la puissance de l'unité en vertus.

147. Le mot (*sagesse*) est le verbe émané, c'est-à-dire une réflection de la science divine de la volonté divine, la puissance essentielle du grand amour de Dieu, d'où toutes choses ont eu leur mouvement et leur pouvoir: un principe de tous les trois principes: une manifestation de l'unité de Dieu: un être passif de l'inqualification divine et une cause de toute humilité: une engendreuse de toute science des créatures, et un habitacle éternel de l'amour inqualifiant de Dieu, un rayon et souffle de l'esprit tout-puissant.

148. Le mot (Jehovah) est le nom le plus saint de Dieu, c'est-à-dire la vie *sensuelle* divine, le bien unique, où est compris la Trinité Sainte avec la gloire et la Toute-puissance; une vie de l'abîme (c'est-à-dire de l'unité), qui réside particulièrement dans l'amour unique; on y comprend le très-saint nom de *Jésus*, c'est-à-dire l'I émanant: un principe et une source du souffle de l'unité de Dieu: une formation de l'intelligence, car l'effluve de l'unité s'inqualifie par l'I avec l'E, comme une vision ou vue d'un *chaos*, où l'on comprend le grand mystère selon la manière divine, et il est un triple souffle de la puissance.

149. *Je* est un souffle de l'unité, et le *ho* est un souffle de l'*Je*, et le *Vah* est un souffle de (*ho*), il n'y a cependant qu'un souffle unique, mais il pro-

duit une triple émanation de trois centres et de trois saisissabilités: et nous y comprenons, comment ce triple I s'enferme enfin dans l'A, c'est-à-dire dans un commencement de la nature.

150. Au dessous est le mot( *vie*), qui signifie que ce triple souffle n'est que vie et puissance. Et au dessous de vie il y a ( *vertu*, ) qui signifie la vertu incommensurable de cette vie exhalante.

151. On comprendra exactement par cette table, ce qu'est Dieu hors de la nature et de la créature dans la Trinité, c'est-à-dire dans une expiration triple de l'unité en soi-même, où l'on ne peut parler ni de lieu ni d'endroit de sa demeure, ni de dimension ni de division, car il n'est ni ici, ni là, mais il est partout en même temps, comme on prend l'abîme, c'est-à-dire l'unité éternelle de nature et de créature, il est une puissance et une essence virtuelle de l'unité.

152. Mais qu'on y comprend réellement une telle puissance et une telle vertu, cela résulte de sa puissance émanée du monde et des créatures qui ont été engendrées par son expiration, et toutes choses de ce monde en rendent témoignage.

## *Explication de la première Table.*

### TETRAGRAMMATION.

153. Cette table représente, comment le nom saint de la puissance éternelle s'inqualifie par la connaissance et par la science, d'éternité en éternité, avec une nature de la lumière et des ténèbres éternelles, avec des qualités, comment le

verbe de l'expiration s'infuse dans un sujet ou réfléchissement, et comment il résulte de ce réfléchissement la propre volonté et l'adoption des qualités, où l'on conçoit toujours deux qualités, savoir : l'effluve propre de Dieu, et puis les adoptions propres des qualités du libre arbitre, dans laquelle adoption on comprend un nouveau réfléchissement de manière externe, afin que l'unité devienne, dans son effluve, toujours plus externe, et afin que l'amour éternel s'inqualifie par là avec la sensibilité et avec une manière flamboyante, c'est-à-dire avec une inqualification des puissances divines.

154. Il y a au-dessus du tableau : *monde ténébreux*, et au-dessous le *premier principe*, et en face, à compter du nombre 4 jusqu'au nombre 7 : *monde lumineux*, *amour de Dieu*, et au-dessus le *deuxième principe*. Ce qui indique comment la volonté émanée s'enferme et se couvre d'ombre par l'adoption du désir propre, et s'inqualifie par le désir du moi-même avec des qualités, et se change en ténébres, où l'*un* émané devient, dans les ténèbres, manifeste et sensible par le feu dans la lumière, et est une cause de la lumière, dans laquelle lumière l'amour de Dieu adopte une inqualification ignée du feu de la nature éternelle, et luit dans le feu par l'adoption ténébreuse douloureuse, comme la lumière d'un cierge, et comme le jour dans la nuit, d'où s'originisent aussi le jour et la nuit, et dont ils ont eu leur principe et leur nom dans le temps.

155. Mais dans l'éternité il y a ainsi une lu-

mière et un *ténèbre* éternels l'un dans l'autre. Le *ténèbre* est le principe de la nature et la lumière est le principe de l'allégresse de la manifestation divine. Le monde ténébreux, c'est-à-dire le fond des qualités du désir et de la volonté propres s'appelle le *premier principe*, étant une cause de la manifestation divine selon la sensibilité, et formant en soi un propre royaume, c'est-à-dire un tourment douloureux, selon lequel Dieu se nomme un Dieu jaloux et colérique, et un feu dévorant : et la lumière, qui est manifeste dans le feu, où l'on conçoit l'unité de l'effluve divin de l'amour, s'appelle le deuxième principe, c'est-à-dire le monde de la puissance divine, où l'amour de Dieu est un feu d'amour et une vie virtuelle, comme il est écrit : Dieu demeure dans une lumière de laquelle personne ne peut approcher; car la puissance de l'unité de Dieu opère dans la lumière, et est Dieu; mais la matière ignée de la lumiere est la nature éternelle, où l'amour éternel de l'unité s'aime et se sent.

156. Sous les premier et deuxième principes il y a dans les sept cases sept nombres, qui signifient les sept qualités de la nature éternelle, et au-dessous est le mot *teinture*, divisé dans les sept cases, qui indiquent le verbe divin, un tempérament, une homogénéité, qui renferme les puissances divines dans une volonté, dans une inqualification et dans une essence égales, c'est-à-dire le nom émané de Dieu, où l'on comprend le grand mystère de la puissance et de l'opération divines avec les caractères des lettres dans la répartition des qualités.

157. Le mot *teinture* est le mot séparable, d'où découlent les sept qualités. La lettre (T) est le *tau* ou l'ouverture de l'unité, c'est-à-dire la † du triple I, un principe de souffle. L' (I) est l'effluve du (T), ou la sortie de l'unité, c'est-à-dire l'angle croisé de la vie. L'(N) est l'émanation de l'esprit manifeste triple. Le (C) est le découpement du son, où l'I, c'est-à-dire l'effluve de l'unité se sépare de nouveau des ténébres, et brise l'adoption de la volonté éternelle. Le deuxième T sous le n.° 5 est le *tau* saint ou l'ouverture de la gloire de la sensibilité ignée avec l'amour igné, par lequel amour le royaume de Dieu se manifeste, et indique le grand pouvoir de la puissance de la lumière. Le (V) est le caractère de l'esprit saint par les trois pointes, dont les deux du haut signifient le feu et la lumière, et la troisième du bas signifie l'unité de l'amour, c'est-à-dire l'humilité. Par l'(R) le feu et la lumière saints sont saisis en un être effectif naturel; car elle signifie le royaume, c'est-à-dire le trône, et on indique par là, comment le nom saint s'inqualifie par la volonté émanante avec le *grand mystère*, c'est-à-dire avec le secret éternel, d'où est provenu le monde visible.

*Le grand mystère de la Teinture, ou principe de la Trinité de Dieu.*

158. T Est le triple I, et signifie Dieu le père.
I est l'engendré : I est Jésus.
N est le triple I de l'esprit.
C signifie Christ.

T Dans la cinquième case est le Père en Christ.

V est l'esprit de Christ dans le verbe, qui vivifie.

R est le trône royal, que la lumière et les ténèbres se disputent, où Satan et Christ sont opposés: c'est-à-dire selon l'adoption de la propre volonté, Satan comme l'esprit d'erreurs; et selon l'unité Christ; où l'on comprend l'amour et la colère dans un seul principe, mais en deux manifestations; ceux qui appartiennent à Dieu, nous comprendront, quant aux autres, ils n'en sont pas dignes.

*Du grand mystère de la Teinture; ou principe le plus sublime de la Trinité de Dieu.*

159. Cette table partagée en sept cases est le principe des anges et des ames, c'est-à-dire *le grand mystère* de la transmutation, qui renferme toutes les possibilités.

160. En travers, selon les nombres, se conçoit l'effluve d'*un* en sept. Jusqu'au feu, d'où se manifeste la lumière, il faut comprendre le premier principe, et du feu jusqu'à l'essence, le deuxième principe; et en descendant on comprend sous chaque qualité, quel effluve provient de chaque qualité par la coopération des autres qualités : il ne faut pas croire, qu'une seule qualité produise un tel effluve, mais tous les sept ensemble le produisent, mais la première forme y domine, et conserve la supériorité.

161. Savoir : sous le n.° 1 il y a, désir ou saisissabilité, où l'on conçoit, que le désir est ma-

gnétique, qu'il s'enferme et s'obscurcit soi-même, ce qui est un principe des ténèbres éternelles et temporelles, et de cet attract provient l'âcreté, l'astringence et la dureté, qui est une cause primitive de la qualité colérique, d'où s'originise la grande mort éternelle, car cet aimant tire en soi la puissance, et la renferme en soi, ensorte que l'inqualification s'arrête, et devient impuissante, comme on peut le voir en descendant du n.° 1 en bas.

162. Sous le n.° 2, il y a science ou attract, ce qui est la deuxième forme de la nature, c'est-à-dire le mouvement de l'attract magnétique, d'où résulte la sensibilité de la nature, et est le principe de toute contrariété, car la dureté et le mouvement sont ennemis, car le mouvement brise de nouveau la dureté, et il engendre pourtant la dureté par l'attract.

163. Il provient donc deux essences de la volonté désireuse émanée de Dieu : c'est-à-dire l'attract de la puissance magnétique donne le mouvement et la sensibilité, et l'attiré produit l'essence, où l'on comprend la cause de l'esprit et du corps : savoir, dans l'attract de la sensibilité l'esprit, et dans l'attiré le corps, ou la cause de la corporéité.

164. Lors donc qu'un tel attract ou une telle essence ne peut pas atteindre la lumière de l'unité de Dieu, par laquelle il est adouci, il reste en soi une pure inimitié, et il est une source de la rage, de l'exaltation, d'où proviennent l'adoption propre et l'orgueil, car la volonté de l'adoption propre est fausse, et un destructeur perpétuel de

son soi-même, c est-à-dire de son être; et l'on entend sous ces deux formes, c'est-à-dire du désir et de l'attract, dans leurs qualités émanantes, la colère de Dieu : et quoiqu'elles soient la base de la vie sensible, elles sont néanmoins, quand la lumière y donne, le principe de l'allégresse, savoir un mouvement interne de l'unité de Dieu, et une cause première des cinq sens, d'où s'est aussi originisée la vie créaturelle, et où réside aussi sa perte, si elle perd la lumière, car c'est la source de l'angoisse infernale, c'est-à-dire la cause de la douleur, et est cependant la racine de la vie naturelle.

165. Sous le n.° 3, est la troisième forme de la nature; elle s'appelle angoisse, c'est-à-dire une source du soufre spirituel selon la qualité, qui prend son fondement des premières et deuxièmes qualités ou formes, savoir: 1.° du désir magnétique, et 2.° du mouvement de l'attract, où la volonté émanée est dans l'inquiétude et dans l'angoisse. L'angoisse est la cause du vouloir, du cœur et des sens naturels, elle est la roue de la vie, c'est-à-dire une cause de la vie ignée.

166. Car la volonté émanée de l'unité de Dieu étant dans l'angoisse, cette volonté désire passionnement l'unité, c'est-à-dire le repos; et l'unité ou le repos aspire au mouvement et à la manifestation : cependant il ne pourrait y avoir de manifestation sans mouvement, c'est pourquoi la volonté divine découle de soi-même, et l'allégresse divine s'inqualifie, dans la volonté émanée, avec le désir et avec le mouvement d'une sensibilité,

afin qu'elle se ressente soi-même, et deux choses restent dans une essence, savoir : 1.° l'allégresse sensible divine, et 2.° la cause de la sensibilité, où Dieu s'appelle Dieu bon, c'est-à-dire selon l'allégresse sensible divine d'amour, et Dieu colérique, selon la cause de la sensibilité, selon la nature éternelle.

167. Et nous comprenons dans l'angoisse, en tant que la lumière divine n'y est pas manifeste, le feu infernal, un désespoir et une frayeur éternels, où la propre volonté de la nature est continuellement dans un tourment mortel, et désire toujours de se séparer de ce principe, ce que j'appelle la petite mort, parce que c'est la mort mourante éternellement ; mais qui est, dans la dureté, la grande mort immobile.

168. Cette forme, si elle ne possède pas la lumière, est la source de l'ame fausse ; mais si elle ressent en soi la lumière, elle est la source et le principe de l'ame sensible, et la racine véritable du feu, comme on peut le voir en descendant la colonne 3.

169. La quatrième forme, n.° 4, est le feu de la nature éternelle, savoir un feu spirituel de la vie, qui provient de la conjonction ou de l'assemblage perpétuel de la dureté et du mouvement, concevez que la douleur en provient ; mais l'éclat igné provient de l'allégresse libre de la volonté, l'unité de l'allégresse étant aiguisée dans les qualités, elle paraît comme un éclair par la conjonction perpétuelle des grandes quintessences de l'unité et de la qualité colérique du mouvement

des trois premières qualités, car il en est de la conjonction de l'essence, comme du frottement de l'acier contre une pierre dure, d'où provient l'éclair.

170. Cet éclair est la vie véritable naturelle et créaturelle des créatures éternelles, car c'est la manifestation du mouvement divin, et a en soi les qualités de la nature, ainsi que la manifestation de l'unité de l'effluve divin, celui des deux qui a ou obtient la prépondérance, là réside la vie.

171. L'éclat du feu est la lumière de l'effluve de l'unité de Dieu : et l'essence du feu est la volonté émanée, qui s'est inqualifiée par le désir, avec de telles qualités.

172. Ainsi on comprend dans la volonté émanée ignée les anges et les âmes, et dans la puissance sensible aiguisée de la lumière de l'unité l'esprit, où Dieu est manifeste, et est compris dans l'essence spirituelle, et il se sépare, dans le feu, deux royaumes, savoir : le royaume de la gloire de l'effluve de l'unité de Dieu, et le royaume des qualités de la nature éternelle, chacun en soi-même, et ils demeurent cependant l'un dans l'autre, comme un seul.

173. Le royaume de la nature est en soi-même le grand ténèbre éternel, et le royaume de Dieu ou la gloire est la lumière. *S. Jean*, chap. I, dit : la lumière luit dans les ténèbres, et les ténébres ne l'ont point comprise. De même que le jour et la nuit demeurent l'un dans l'autre, et que cependant l'un n'est pas l'autre, de même aussi provient de

la qualité propre du feu la vie douloureuse; si cette vie se détourne de la lumière éternelle, et s'inqualifie avec le réfléchissement, c'est-à-dire avec le soi-même des qualités, la vie du feu n'est n'est qu'une imagination et une folie, comme les démons le sont devenus, et les ames fausses le sont, comme on le voit, en descendant la colonne du n°. 4.

174. La cinquième qualité de la nature comprend maintenant le deuxième principe avec son fondement, c'est-à-dire l'essence de l'unité dans la puissance de la lumière, où l'unité émanée est un amour flamboyant, d'où s'originise le vrai esprit intelligent avec les cinq sens. Les trois premières formes ne sont que des qualités de la vie, la quatrième forme est la vie même, mais la cinquième est le vrai esprit; quand la cinquième qualité est manifeste du feu, elle demeure dans toutes les autres, et les transmute toutes en son doux amour, ensorte qu'il n'ya plus ni douleur ni inimitié, de même que le jour change la nuit.

175. Dans ces quatre premières qualités la vie est semblable aux démons; mais quand la puissance de la lumière, c'est-à-dire le deuxième principe, se manifeste dans les qualités, elle est un ange, et vit dans la puissance et dans la sainteté divines, comme on le voit au bas du n°. 5.

176. La sixième qualité est l'intelligence, c'est-à-le ton ou le son; toutes les qualités étant dans la lumière en équilibre, elles se réjouissent, la puissance des cinq sens devient manifeste, et toutes les qualités se réjouissent ensemble l'une de l'autre,

et ainsi s'inqualifie l'amour de l'unité avec l'inqualification et avec le vouloir, avec la sensibilité la saisissabilité et la grandeur. Et ainsi il y a un contraire dans la nature éternelle, afin que des qualités s'originisent, où l'amour soit reconnu, et qu'il y ait quelque chose à aimer, où l'amour éternel de l'unité de Dieu ait à opérer, où se fassent les louanges de Dieu: car si les qualités de la vie sont pénétrées de la flamme de l'amour divin, elles louent le grand amour de Dieu, et elles se se soumettent toutes de nouveau à l'unité de Dieu. Cette réjouissance et cette reconnaissance ne seraient pas manifestes dans l'unité, si la volonté éternelle ne s'inqualifiait pas avec des qualités douloureuses mobiles.

177. La septième qualité est l'essence, où toutes les autres qualités sont substantielles, où elles agissent toutes comme l'âme dans le corps, où l'on comprend la sagesse naturelle et aussi la sagesse essentielle de Dieu, c'est-à-dire le grand mystère du principe duquel est provenu le monde visible avec sa substance.

178. On comprendra donc, par cette table, le monde occulte spirituel, c'est-à-dire la manifestation éternelle de Dieu, d'où les anges et les ames des hommes tirent leur origine première; c'est pourquoi ils peuvent se tourner vers le mal ou vers le bien, car l'un et l'autre est dans leur centre: le monde spirituel n'est autre chose que le verbe manifesté de Dieu, il est d'éternité, et il demeurera en éternité, et on y comprend le ciel et l'enfer.

## *Explication de la seconde Table.*

### MACROCOSMUS.

179. Cette Table montre, comment le monde occulte spirituel s'est rendu visible, et s'est fait une réflection par l'exhalation, d'où les principes éternels sont découlés, et où les puissances sont en même temps devenues matérielles, car la nature externe n'est autre chose qu'un effluve ou une réverbération de la nature éternelle.

180. Les quatre élémens tirent leur origine des quatre premières qualités de la nature éternelle : c'est-à-dire la terre et la dureté de toutes les substances proviennent du désir ténébreux, où toutes les autres six qualités sont aussi devenues matérielles, comme on peut voir aux métaux et aux puissances de bonnes et de mauvaises qualités. Mais le désir ténébreux les a toutes coagulées, comme cela se fait encore aujourd'hui.

181. L'*air* provient du mouvement de l'impression magnétique par le feu dans le mercure brisé, comme le mouvement brisé, d'où provient l'eau.

182. L'*eau* est le mercure brisé, où la matière ignée est morte : l'eau est la femelle du mercure igné, où il opère, où le chaud et le froid, la grosseur et la subtilité se combattent.

183. Le *feu* tire son origine du feu spirituel du principe interne. On comprend le froid dans l'âcreté magnétique, c'est-à-dire dans la racine véritable du feu.

184. Au-dessus des sept qualités de la table, il y a *principe de la nature*, divisé dans les trois premières formes, et dans la quatrième et cinquième forme ou qualité est partagé le mot *élément pur*; et entre les sixième et septième formes se trouve le mot *paradis*.

185. Par le mot, *principe de la nature* : on entend la racine des quatre élémens, c'est-à-dire les quatres causes du mouvement et de la sensibilité.

186. Par le mot, *pur élément* : on comprend le tempérament régulier, ou l'égalité de la nature et des quatre élémens, où la lumière transmute toutes les qualités en une seule volonté, où la lumière opère aussi en même temps dans la qualité sensible, mobile, élémentaire; on comprend alors, comment l'élément éternel, c'est-à-dire le mouvement de la puissance divine, s'est aiguisé par le principe de la nature, et s'est manifesté dans la lumière; lequel élément pur est le mouvement du monde interne spirituel, et qui s'est aussi insinué, à la création du monde, dans l'essence, et qui est compris dans la quintessence.

187. Le mot *paradis*, dans les sixième et septième qualités signifie la fabrication spirituelle dans l'essence de la lumière, comme une végétation ou croissance spirituelle, qui poussait au commencement du monde au travers de tous les quatre élémens, et qui s'est imprimée, de la terre, dans toutes les productions, et qui a transmuté toutes les qualités de la colère en tempérament régulier. Mais lorsque les qualités colériques avec les quatre élémens se réveillèrent par le désir détourné et

par la fausse volonté d'Adam, et eurent le dessus, cette croissance se retira ; c'est-à-dire, elle restait dans la teinture du fond intérieur, elle est cependant encore dans les quatre élémens, mais seulement dans l'élément interne pur, et elle ne peut pas être atteinte, à moins que ce ne soit par la nouvelle régénération de l'homme interne, et par la teinture matérielle, où l'inqualification paradisiaque est tout-à-fait manifeste ; c'en est assez pour les nôtres.

188. Cette table montre, d'où toutes les choses de ce monde tirent leur origine, et ce qu'est le créateur : c'est-à-dire, que le créateur a été le monde de la puissance spirituelle, que Dieu a mu, c'est-à-dire la volonté divine : mais le séparateur fut la volonté émanée du monde spirituel, qui est émanée de soi-même dans ce mouvement, et qui s'est formé une réverbération de son inqualification, une réverbération ayant toujours découlé l'une de l'autre, par ce mouvement, jusqu'à la matière la plus externe de la terre.

189. Celle-ci a été, par le mouvement divin, attirée en une masse, et cet attract ou ce mouvement subsiste encore de même ; c'est pourquoi toutes les matières tombent vers la profondeur de la terre, et c'est la raison pourquoi la puissance du mouvement est encore ainsi de nos jours et durera jusqu'à la fin du temps.

190. Les sept jours et les sept planètes signifient les sept qualités du monde spirituel. Les trois principes de *l'esprit du monde, des matières*

et *des êtres* vivans; c'est-à-dire le mercure, le soufre et le sel, signifient la Trinité de la manifestation divine, c'est-à-dire une source perpétuelle, d'où sont découlées toutes les créatures externes, et d'où elles découleront jusqu'à la fin de ce temps; et l'on y comprend le séparateur avec les sept qualités; nous voyons par cette table en descendant du haut en bas, ce qui est découlé des sept qualités, et comment les puissances spirituelles se sont formées en une puissance matérielle, d'où le mal et le bien sont provenus dans ce monde.

## *Explication de la troisième Table.*

### MICROCOSMUS.

191. Cette table représente l'homme comme une image des trois mondes, selon l'ame, selon l'esprit et selon le corps, ce qu'il a été au commencement, après sa création, ce qu'il est devenu dans la chute par l'esprit d'erreurs, et ce qu'il devient par l'esprit de Christ dans la nouvelle régénération; lequel homme est une image véritable essentielle des trois principes de la manifestation divine, c'est-à-dire du verbe émané de la volonté divine.

192. Il est, selon l'ame, la nature éternelle de la qualité ignée, c'est-à-dire une étincelle du centre, d'où le feu provient : si ce principe ne peut pas atteindre la lumière divine, il est un *ténèbre* de la puissance magnétique désireuse; mais s'il atteint la lumière du feu, que ce désir magnétique

goûte de l'unité émanée de l'amour de Dieu, le vrai esprit bon prend sa source du feu, comme la lumière provient du cierge.

193. Ceci fait deux principes, savoir : un feu de la nature éternelle, l'ame, le premier principe; et la lumière de la puissance divine, l'esprit, le deuxième principe. Le corps est le troisième principe, c'est-à-dire une essence du monde visible, des étoiles et des élémens, créé en une image des sept qualités de la nature.

194. L'ame a les sept qualités du monde interne spirituel, selon la nature, mais l'esprit est sans qualités, car il est, hors de la nature, dans l'unité de Dieu; mais il est manifeste dans l'ame par la nature animique ; car il est l'image véritable de Dieu, comme une idée dans laquelle Dieu opère lui-même, en tant que l'ame s'inqualifie avec Dieu et soumet sa volonté à Dieu. Dans le cas contraire, cette idée, c'est-à-dire l'esprit est muet et inefficace, et n'est que comme une image inanimée dans un miroir, et reste sans essence, comme il arriva à Adam dans la chute; mais lorsque l'ame se résigne à Dieu, et qu'elle inqualifie sa faim magnétique avec l'amour de Dieu, elle attire en soi l'essence divine, c'est-à-dire la sagesse essentielle de Dieu, son idée, ou son esprit; devient essentielle dans la puissance de la lumière, et elle reçoit la vie divine; elle est alors le vrai temple de Dieu, où l'unité de Dieu est inqualifiante et manifeste.

195. Mais lorsque l'ame s'inqualifie par le désir, avec soi-même, c'est-à-dire avec le propre amour,

et qu'elle se tourne avec le désir vers les sept qualités, pour les éprouver, et qu'elle mange de la passion des qualités, elle s'exalte, et se forme un *Evestrum*, c'est-à-dire un réfléchissement astral, lequel *Evestrum* désire bientôt passionnément la vanité de cette passion fausse, comme il est arrivé à Lucifer et à Adam, où l'*Evestrum* de Lucifer s'est gravé dans l'imagination, et *l'Evestrum*, l'ame d'Adam, dans les qualités animales du monde externe, dont l'ame fut empoisonnée, et infecta en même temps le corps du limon de la terre, ensorte que les qualités animales se réveillaient en lui et convoîtaient la nourriture terrestre animale, c'est-à-dire le froid et le chaud, l'astringence, l'amertume, l'âcreté, et s'inqualifiaient par de telles qualités avec une source d'une telle qualité, mangeaient, et par le désir du mal et du bien, dont l'image de Dieu, c'est-à-dire l'idée, fut obscurcie et inefficace, l'esprit véritable, c'est-à-dire l'idée efficace fut muette et morte, comme une figure est morte dans un miroir; ainsi l'ame fut séparée de Dieu, et fut dans un vouloir propre naturel, car la volonté de Dieu n'opérait plus dans l'esprit ; le vouloir d'*Evestri*, c'est-à-dire le réfléchissement du monde ténébreux et du monde externe commençait, car le génie saint fut changé.

196. Il y a, au haut de cette table, le mot Teinture, divisé dans les sept qualités, ce qui indique l'égalité des sept qualités, selon l'ame et selon le corps, c'est-à-dire que dans le premier homme, avant la chute, les qualités de la variété et de l'adoption propre ont été dans une volonté égale,

et qu'elles ont inqualifié tous leurs désirs avec l'unité de Dieu; elles étaient un vrai paradis, car l'esprit essentiel et l'unité de Dieu étaient manifestes en eux, et ils devaient opérer par l'amour de Dieu en toutes choses.

197. Mais le démon leur enviait cela, et il trompa les sept qualités de la vie par la passion fausse, et il leur fit croire que cela leur ferait du bien, et qu'ils deviendraient sages, en s'inqualifiant les qualités, chacune avec une adoption propre, selon son espèce, l'esprit goûterait et reconnaîtrait le mal et le bien : mais il ne leur dit pas, que cela ne pourrait pas être dans l'unité de Dieu.

198. Mais lorsque les qualités s'inqualifiaient avec leur passion propre, il s'éleva en elles le combat et la discordance, et toutes les qualités furent figuratives dans leur soi-même ; l'unité, c'est-à-dire l'élément, était séparée et les quatre élémens eurent, dans le combat, le dessus ; l'inégalité, c'est-à-dire le froid et le chaud et la constellation de la variété de l'inqualification tomba aussitôt sur le corps externe, et la colère de Dieu selon la qualité du monde ténébreux saisit l'ame, d'où provient la frayeur, l'angoisse et le désespoir éternel de l'ame; et le corps eut en partage le chaud et le froid, la douleur, la maladie et la vie mortelle.

199. Ainsi tomba l'image de Dieu, tout l'homme, de sa destination ; il devint un monstre et un masque, et les sept qualités prirent aussitôt, dans leur matière enflammée, le gouvernement, par

l'envie, le meurtre, la dévastation et l'incendie : l'amour se changea en orgueil et en amour propre, le désir en avarice, la sensibilité en envie, et la vie ignée en pure colère envenimée. Ainsi se manifesta dans tout l'homme le fondement des enfers, qui domina l'ame et le corps.

200. Ce fondement infernal est maintenant l'esprit de l'erreur, et l'homme eût été condamné éternellement pour cette raison, si Dieu ne lui avait pas aussitôt promis après cette chute, la grâce divine, *l'écraseur* du serpent, c'est-à-dire l'effluve de l'amour divin, dans le nom très-saint de Jésus, pour une régénération nouvelle, lequel nom saint s'est manifesté par une pure miséricorde, avec la plus grande humilité dans l'âme et dans le corps humain, et qui a adopté la nature humaine, et a brisé le pouvoir de cet esprit diabolique d'erreur, qui a tué le moi-même de la volonté de la vie, qui a ramené les qualités à leur équilibre, qui les a purifiées par son amour, et qui les a reconduites à l'unité de Dieu.

201. Là a été renouvelé le vrai esprit, c'est-à-dire l'idée humaine et l'image de Dieu, et qu'il a été rempli de l'essence de l'amour divin, et que l'ame humaine a obtenu, par l'ame et par l'esprit de Christ, dans cet amour et dans cette essence divine, une porte ouverte pour aller à Dieu.

202. On a représenté dans cette Table, ce qu'Adam a été avant la chute, ce qu'il est devenu par la chute, et comment il a été sauvé de nouveau : quelle est sa régénération de l'esprit de Christ :

et on a représenté au-dessous du mot *teinture* par les sept qualités, dans quelles qualités l'ame a le centre, et dans lesquelles le corps, pour que le lecteur puisse y réfléchir. Il y a encore les sept jours de la semaine avec leurs caractères, pour marquer que l'homme est la même chose.

203. Cette table montre aussi, ce qu'est l'homme intérieurement et extérieurement, tant selon le premier Adam bon, que selon Adam déchu, ce qu'il est redevenu en Christ, d'où l'on peut comprendre comment se trouvent dans l'homme le mal et le bien, et d'où proviennent le mal et le bien dans les sens et dans le cœur.

204. Par le mot Satan, qui signifie l'esprit d'erreur, on n'entend pas un démon créaturel, mais la source de cet esprit d'erreur; et par le mot Christ, on comprend le nouvel homme dans l'esprit de Christ selon le dedans. Les autres cases se prennent comme dans les autres tables, où l'on conçoit la cause du changement, afin que le lecteur y puisse réfléchir.



FIN.

www.ingramcontent.com/pod-product-compliance
Lightning Source LLC
LaVergne TN
LVHW020329230826
846091LV00003B/817

* 9 7 8 2 3 2 9 2 9 3 2 4 0 *